노블리스트
THE NOVELIST

KB013113

노블리스트

조던 카스트로 지음

류한경 옮김

『노블리스트』추천사

"공허한 우리 문화 속에서 창조란 어떻게 일어나는가. 이 책은 내가 아는 그 무엇보다 이를 잘 보여준다. 미치도록 웃기면서 중요한 소설."

— 마이클 W. 클룬Michael W. Clune
『게임 라이프와 화이트 아웃: 헤로인의 은밀한 삶Gamelife and White Out: The Secret Life of Heroin』 저자

"무뚝뚝하면서도 놀라울 정도로 영리하고, 화려하게 지저분한 만큼이나 몹시도 현명하다. 『노블리스트』는 정말이지 대단하다. 조던 카스트로는 새롭고도 귀한 재능을 선보인다. 자신이 몸담고 있는 세상의 전통에 몹시도 잘 적응한 그가, 끝없는 스크롤에 시달리는 삶을 어찌 이리도 잘 풍자하는지 속 시원할 지경이다.

— 메리 사우스Mary South
『당신은 절대 잊히지 않을 것이다You Will Never Be Forgotten』 저자

"얼빠진 유행이나 만연한 위선은 조던 카스트로의 시선 앞에 속수무책이다. 리듬감 있는 만큼이나 쉴 새 없이 몰아치는 문장들로, 『노블리스트』는 현 세태

를 날카롭게 파고든다. 나르시시즘과 즉각적인 유희가 만연한 문화. 바로 이것들에 대한 전복적인 태도와 예술의 허망함을 짚어 냈다. 카스트로가 사회를 그려 내는 너무나 뻔뻔해서 후회스러울 정도의 솔직함은 결국 창작의 욕망에 대한 뼈아픈 명상으로 귀결된다. 『노블리스트』로써 카스트로는 모두가 주목해야 할 작가임을, 그리고 보기 드문 자질을 가졌음을 증명했다."

— 제이컵 관존Jakob Guanzon
내셔널 북 어워드National Book Award의 수상 후보인
『어번던스Abundance』 저자

"조던 카스트로는 『노블리스트』에서 아주 영리한 방식으로 시간과 인식을 갖고 논다. 통찰력 있으면서도 웃기고, 무엇보다 몹시도 이상한 소설이다. 딴짓과 주의력 부족 문제에 시달리는 이들 또는 소셜 미디어라는 마약에 취해 노예 상태로 있는 이들이 어떻게 의미 있는 삶을 살 수 있는지, 어떻게 예술 활동을 할 수 있는지에 대해 질문한다."

— 킴벌리 킹 파슨스Kimberly King Parsons
『블랙 라이트Black Light』 저자

"나는 『노블리스트』라는 이 소설이 참으로 감탄스럽다. 무명의 작가가 글을 쓰기 위해 애쓰다가 결국 다른 책을 쓰기로 마음먹고, 그러다가 써낸 책이 이 『노블리스트』라는 책이다. 참으로 생뚱맞고 솔직하며, 자기 비판적이며 도발적이고, 철학적이며 무엇보다 너무나 재밌다."

— 캐스린 스캔란Kathryn Scanlan
『우월한 짐승The Dominant Animal』 저자

니콜레트를 위하여

아침에 갓 내린 차가 우려지길 기다리며 노트북을 켰다. 냉철한 판단력을 지닌 기계처럼 손가락을 움직여 비밀번호를 입력하려 했지만 잠이 덜 깨 세 번이나 틀렸다. 화면 밑 쪽 계곡에는 나무가 빼곡하게 들어차고 산봉우리에는 만년설이 내려앉은 절경이 고화질 이미지로 펼쳐졌다. 모니터 오른쪽 위에는 94% 차 있는 배터리 잔량 옆으로 "[금] 오전 8시 14분"이라고 표시돼 있었다. 나는 얼굴을 쓸어 만지다가 나무 의자 위에서 자세를 고쳐 앉았다. 내 앞에 드리운 베네치아 산 싸구려 블라인드 틈으로 햇빛이 새어 들어왔다. 검은색 부엌 식탁은 그 밑에서 벽과 밀착해 놓여 있었다. 눈에 힘을 주고 중지를 노트북의 트랙 패드에 갖다 댔다. 그리고 커서를 끌어 밑 쪽의 아이콘 메뉴로 가져간 뒤 숨을 깊게 들이마시고 클릭했다.

인터넷 창이 열린 즉시 나는 지메일 아이콘—화면 상단의 '즐겨찾기' 메뉴에 늘어서 있는 페이스북, 트위터 그리고 내가 실수로 저장한 '레스댄(<)'과 '그레이터댄(>)' 두 기호 옆에 있었다. 나는 다른 사람 시선에서 봤을 때 '>'으로 보이고 내 시선에서 봤을 땐 '<'으로 보이도록 새끼손가락에 타투로 새기고 싶었다—을 클릭했다. 쓰고 있던 소설이 저장된 구글 문서 도구 아이콘이 아니라.

지메일의 받은 편지함이 로딩되는 1, 2초 사이 나는 막연하게 하기 싫은 일을 하고 있다는 감각을 느꼈다. 하기 싫은 일을 하지 않는 선택을 내릴 수 있을 정도로 아침잠이 완전히 가시지는 않았다. 그 감각은 곧 '바지 주름을 깔고 앉은 느낌' 혹은 '아주 멀리서 희미하게 들리는 소리'처럼 의식의 뒤로 밀려났다. 일어나자마자 메일을 확인하는 것 따위는 정말이지 싫었다. 첫 단추를 잘못 끼우는 일처럼 느껴졌다.

세 통의 읽지 않은 메일이 떠 있었다. 하나는 리, 또 하나는 내 상사, 나머지 하나는 조던 카스트로 소설이 발송되었다는 메일이었는데, 편지를 빠르게 훑어보다가 에릭한테서 온 메일도 한 통 있는 줄로 착각해 순간 심장박동이 한 박자 건너뛰는 줄 알았다. 아무튼 상사의 메일은 답장할 필요가 없었다. 나는 배송 알림을 흘깃 보다가 안 읽음 표시만을 얼른 클릭해 없애 버렸다. 리에게 온 메일은 가장 나중에 클릭했다. "모닝 똥 싸는 중/iPhone에서 보냄"이라고 적혀 있었다.

　　나는 꽤 기쁜 마음으로 자세를 고쳐 앉았다. 커서를 움직여 답장하기 버튼에 가져다 댄 뒤 트랙패드를 눌렀다. 부엌 식탁에 자리 잡기 전, 그러니까 지금 우리고 있는 티백에 물을 붓기 전에 나는 변기에 앉아 2분간 시간을 보냈는데, 그때 리와 내가 동시에 똥을 싸고 있었던 것 같았다. 그 사실에 신이 나 "우리 동시에 똥을 싸고 있었던 듯한데"라고 답장했다.

　　갑자기 피 또는 그와 비슷한 무언가가 뇌로 확 밀려 들어오는 것을 느꼈다. 미세하지만 알아차릴 만한 내면의 스파크가 일었다. 그리고 잠시의 망설임도 없이―화면 밑에 있는 전송 버튼에서부터 상단에 있는 '+' 아이콘으로 커서를 옮기는 시간을 제외하고는―새 탭을 열어 트위터를 클릭했다.

　　소설 쓰기를 시작하기 전만큼은 트위터를 하고 싶지 않았다. 매일 아침 나는 트위터를 하지 않겠다고 의식한 채 일어나기는 했다. 노력의 양이나 성공 여부는 매일 달랐지만 스스로를 계속 타이르다가 종국에는 당장 트위터를 클릭할 나름의 정당한 이유를 만들고야 말았다. 아니면 내가 약해져 있을 때 무의식적으로 클릭하거나. 기가 죽은 채 이뤄지는 정당화나 합리화는 대체로 다음과 같은 식이었다. 마침 할 일이 적은 날이군, [지금 벌어지고 있는 일]을 확인하고 싶어, 딱 한 번만 클릭해야지, 그 이상은 안 해……. 그러나 오늘 아침에는 리에게 즉흥적으로 메일을 보낸 흥분감을 조금 더 느끼고 싶어 무의식적 욕망에 굴복하고 무자비할 정도로 가차 없이 클릭해 버렸다. 내 몸은 소설을 쓰고 싶어 하는 동시에 또 다른 자극을 원하고 있는 것이었다.

해야 하는 일을 끝내는 데에 있어서 트위터가 얼마나 재앙적인 존재인지는 시간이 지남에 따라 분명해졌다. 나는 때때로 생각 없이 흥분해서 트위터 아이콘을 클릭하곤 했다. 그런 식으로 아침을 맞이하면 계속, 하루 종일, 노트북으로도, 휴대폰으로도, 어디를 가든, 무엇을 하든 트위터를 멈출 수가 없어서 혼란스러웠다. 나는 아침에 트위터 아이콘을 클릭하지만 않는다면 남은 하루 동안에도 그다지 트위터를 떠올리지 않는다는 것을 발견해 일종의 규칙을 정했다. 정오 전까지 트위터를 확인하지 말 것. 하지만 이렇게—자기 이해와 규제 도입—해도 큰 도움이 되지는 않았다. 이번에도 역시나 클릭질은 마치 고삐 풀린 말처럼, 내 손을 떠난 일처럼 느껴졌다. 트위터를 클릭하면 할수록 트위터를 클릭하고 싶어졌다.

트위터가 로딩되는 걸 지켜봤다.

하얀색 헤더, 매트한 파란색 배경. 흰 배경 위로 놓인 트윗들, 두 개의 세로 단, 그리고 여러 섹션들. 레이아웃이 로딩되는 1, 2초 사이 아직 알림은 뜨지 않은—알림 버튼은 로딩이 됐으나 알림 개수까지는 로딩이 되지 않은—때, 내 안에 순간적인 갈망의 돌풍이 일었다. 얼마 전 듣고 희미해진 어느 팟캐스트의 내용에 따르면, 트위터 앞에서의 나의 반응은 바로 트위터가 의도한 것—미세한 시차를 두고 충족감을 주는 것, 즉 알림이 떠 있는 걸 보여주면서 슬롯머신을 당길 때와 같은 뇌 영역을 활성시키는 것—이었다. 나는 의자에 앉은 채 아침에 눈 뜨자마자 해서는 안 되는 일을 해 버린 나 자신을 어렴풋이 떠올렸다.

알림 버튼 위로 마침내 숫자 1이 떴다. "푸후" 하고 나는 생각했다.

그것을 클릭했다.

새 팔로워가 생겼다. 나는 새로운 팔로워의 유저 네임과 프로필 사진 위로 커서를 옮긴 뒤 잠시 빙글빙글 돌리다가, 팔로잉이 몇 명인지(1,338명), 팔로워가 몇 명인지(687명) 살펴봤다. 의식이 반쯤 잠긴 상태로 새로운 팔로워의 유저 네임과 프로필 사진이 글자와 숫자의 조합, 그리고 어두침침한 사진으로 다가왔다. 유저 네임은 숫자 37과 글자들로 이뤄져 있었다. 그에겐 뭔가 기분 나쁜 구석이 있었다. 나는 왠지 그가 마음에 들지 않았다. 프로필 사진을 클릭하지 않고 커서를 움직여 트위터의 메인 페이지 버튼을 눌렀다.

손가락이 트랙 패드 위를 분명히 움직이고 있었음에도, 커서는 나와 별개의 의지를 가진 것처럼 홈 페이지에 머물렀다가 곧바로 다시 알림 버튼으로 다가갔다. '나는 소설을 쓰려 했는데, 대체 뭐 하고 있는 거지? 다른 사람의 팔로워가 몇 명인지 확인하지 않는 것에는 여러 이점이 있어'라고 스스로에게 상기시켜 줬다. 우선 내가 소설에 집중할 수 있는 시간이 늘어난다는 점이 있었다. 하지만 그보다도 더 중요한 이점은 만약 누군가 내게 왜 맞팔하지 않았냐고 묻는다

면 알림을 체크하지 않아서 몰랐다고 답할 수 있다
는 것이었다. 이는 내가 고등학생 무렵 자주 맞닥뜨렸
던 문제다. 복도나 수업에서 마주친 애들이 자신들의
너절한 불안감을 농담으로 위장시킨 뒤 내가 그들을
맞팔하게끔 경멸스러운 말들을 늘어놓았다. 예컨대
나 어젯밤 너 팔로우 했는데 또는 야, 나 왜 맞팔 안 해 주
냐? 아니면 가장 간교한 수법으로 네가 트윗한 것들 진
짜 웃기더라가 있겠다. 고등학생 시절 이후 사람들을
많이 만나지 않았기 때문에 이런 일은 그다지 일어나
지 않았다. 그렇지만 고등학생 시절과 대체로 모든 면
에 있어서 크게 다르지 않은 문학 행사에서 이런 일
이 생기긴 했기 때문에 나는 내가 뭘 하는지 안 하는
지 주의를 기울여야 했다.

　　나는 팔로우도 의도를 담아서 하고자 했다. 싫어
하는 사람들의 콘텐츠를 마주하고 싶지 않았고 좋아
하는 사람들의 트윗은 하나도 빼놓지 않고 보고 싶었
기 때문이었다. 게다가 줏대 없는 협잡꾼이나 맞팔을
받고 싶다는 한 줄기 희망 때문에 아무렇게나 사람들
을 팔로우 하는 이와는 다른 사람임을, 내가 트윗으
로 사람들의 호감을 사는 사람임을 보여 주고 싶었다.

진짜배기 팔로워들이 몇 명인지 계산하는 유용한 방법은 팔로워 숫자에서 팔로잉 한 사람들의 숫자를 빼는 것이었다. 진짜 팔로워란 그런 거였다. 내가 어렸을 때, 그러니까 트위터가 나온 지 얼마 되지 않았을 때 나는 이런 지점들을 몹시 진중하게 생각했다. 물론 다른 생각도 하기야 했지만 시간이 지나면서 거의 다 잊어버렸다. 요즘에는 다른 사람을 팔로우 할 때 트윗의 수준이 아닌 다른 이유를 떠올렸다. 누군가를 팔로우 하는 데엔 트윗 하는 내용의 수준보다 훨씬 더 복잡한 문제들이 개입해 있다고, 삶이란 입체적이라고, 트위터가 진공 상태에서 만들어진 것이 아니라고 되뇌었다. 어쨌든 지금 나는 트위터가 싫기는 했는데, 그건 아마 어느 순간부터 내가 팔로잉 하는 사람들이 너무 많아졌기 때문일 것이다.

나는 알림 버튼을 클릭하려는 충동을 참아 냈다. 새로운 팔로워는 그럴 가치가 없다고, 그가 누군지는 모르겠지만 그에게 놀라울 만큼의 경멸을 느꼈다.

트위터의 메인 페이지에서 나는 다음과 같은 트윗들을 지나쳐 스크롤 했다. "올해 힙색 차고 다니는 사람들 아마 5년 전에는 누가 힙색 차고 다녔으면 겁나 조롱했을 듯. 인간들아, 반성해라", 셔츠에 '투표했음' 스티커가 붙어 있는 몸통 사진, 커피 메이트의 커다란 크림 병 옆에서 커피 잔이 춤추고 있고 "기쁘게 춤춰요! 커피 메이트의 시즌 원두가 돌아왔거든요!"라고 적힌 만화의 움짤, 곧 출간되는 소설 광고, "음식을 먹는 데 돈을 내야 한다니, 믿기지 않음", "아이이Ayyy는 아멘의 줄임말임", "넥비어드〔Neckbeard, 수염으로 턱 혹은 얼굴을 덮는 스타일〕가 완전히 다른 걸 가리킬 때 사용되는 광경을 목격함."

나는 씩 웃었다. 트랙 패드 위로 올려 둔 두 손가락을 강하게 쓸어 올리고는 우뚝 멈추길 반복했다. 손바닥 아랫부분이 노트북 키보드의 끝 쪽에 밀착된 상태였고 트윗들은 마치 글자 뭉치처럼 부옇게 스크롤되어 갔다. 그러다 멈췄다. 트위터를 정말이지 그만 쳐다보고 싶기 때문이었다.

뭔가 생각할 게 있었는데, 그게 무엇이었는지 기억이 나질 않았다. 어쩌면 아무것도 생각하고 싶지 않았던 것일지도 모르겠다. 나는 자리에서 일어나 침실로 가서 협탁에 올려 둔―올려 뒀던가?―니킬슨 베이커Nicholson Baker의 『중이층The Mezzanine』을 집어 올리

19

는 상상을, 그러고는 독서용 의자로 걸어가 앉아서 책을 읽는 상상을 했다. 소설을 읽으면 오늘 아침 집중력을 향상하는 데 도움이 될지도 몰랐다.

나는 두려움 속에서 내 소설을 떠올렸다. 좀 전에 생각하려 했던 것이, 애당초 집중하고자 했던 것이 바로 내 소설이었다. 내 소설이 가진 후진 느낌은 나를 실의와 낙담에 빠지게 했다. 말하자면 『중이층』과는 딴판이었다. 내 소설은 『중이층』처럼 지적이지도, 흠이 없지도 않았던 데다, 내 손에 의해 삼인칭 현재형으로 쓰인 탓에 무미건조하고 통찰력도 없었다. 이제는 소설 쓰기를 시작하리라고 결심했다. 『중이층』의 정신을 잘 살려서 소설을 써 봐도 괜찮을 것이다. 검지와 중지를 까딱거리며, 마치 창문에서 움직이는 파리를 쳐다보듯 화면 속 트위터 홈페이지 위에서 정처 없이 뱅글뱅글 돌고 있는 커서를 쳐다봤다. 이런 식으로 몇 초 정도 있다가 트윗을 읽지는 않고 훑어본 뒤, 지메일 아이콘을 클릭했다가 다시 트위터를 클릭했다. 모든 게 1초 안에 이뤄졌다.

트위터를 스크롤 하다 내가 모르는 계정이 리트윗 한 도널드 트럼프Donald Trump에 관한 트윗을 봤고 그다음에는 "섹시"라는 단어가 포함된 트윗을 봤다. 이런 조잡스러운 콘텐츠를 꼼꼼히 읽지는 않고 어조와 내용의 길이 정도만 파악했다. 어쨌든 이렇게 소극적으로 받아들이자 등과 턱 근육이 긴장되었다. 진짜 얼굴이 아닌 얼굴로 모니터를 들여다보고 있다는 기분이 아주 강하게 들었다. 나는 얼굴 뒤―'두 번째 얼굴' 아니면 진짜의 내가 마치 몸 안에 있는 보조적인 몸에 담겨 있어서 외부는 의지와 상관없이 기능하는 배우인 것처럼―에 있다고 느꼈다. '나'는 내 안 어딘가에, 바깥 얼굴의 뒤편, 즉 '피부로 된 얼굴' 뒤에 있다고 말이다. 손에서 감각이 느껴지지 않았다.

내 얼굴이 피부를 통해 손가락과 이어져 있다는 사실을 생각하다가, 생각을 의문문으로―내 얼굴이…… 손가락이랑…… 이어져 있다고?―형성했다. 그러다 그 생각은 더 파편화되어서 피부라는 개념과 '이어진다'라는 단어의 의미를 혼동하기 시작했다. 그 와중에도 마비된 것처럼 멍하게, 손가락을 까딱거리며 스크롤 했다.

나는 리가 트윗 한 내용을 지나쳐 스크롤 했다. 에릭이 트윗 한 것 세 개도 지나쳤다. 내가 오직 온라

인상으로만 알고 지내는 작가들의 트윗들도 지나쳐 스크롤 했다. 바이올렛의 트윗도 지나쳤다. 조던 카스트로의 트윗도 두 개 지나쳤다.

스크롤 하면서 시야가 흐려졌다. 다른 광경보다도 모니터가 눈에 들어왔다. 곧 트윗들도 뿌옇게 변했고 그에 따라 내 소설이 추상적으로 떠오르기 시작했다. 내 소설은 삼인칭 시점에 현재형 시제로 2015년 어느 3일간 있었던 내용을 담은 짧은 플롯으로 구성한 것이었다. 그 무렵 나는 곧 헤어질 예정이던 전 애인과 함께 살던 집에서 심각한 벤조다이아제핀〔항불안제의 일종〕과 헤로인 금단 증상을 겪고 있었다. 정신을 잃고 무지막지한 금액의 돈을 잃어버리는 바람에, 내게 대마초 판매 일을 준 이들이 계속 빚 독촉 전화를 해 댔다. 나는 이 소설을 5개월째 쓰고 있었다. 바이올렛과 동거하기 위해 메릴랜드로 이사 왔을 때부터 시작한 것인데, 이사를 오고 나니 클리블랜드에서 있었던 일을 지나가 버린 과거로 다루는 게 가능해졌다. 그곳에 살 땐 그저 절망적으로 끝없이 이어지는 현재 같았는데 말이다.

나는 막연히 내 소설의 시점과 시제에 대해 생각

했다. 삼인칭 현재형으로 쓰고 있다는 게 나를 고통스럽게 만들고 있었다. 이 시점과 시제는 내가 소설 집필을 처음 시작할 때부터 사용하던 형식이어서 편했지만, 내가 아니라 독자가 이 소설을 읽는다고 상상하면 불안에 가득 차서 소설이 개성도 없고, 텅 비어 있고, 후지다고 느껴졌다. 모든 걸 다 시점과 시제 탓으로 돌리게 됐다. 최근 소설을 위해 참고할 만한 삼인칭 현재형으로 쓰인 다른 소설을 찾아봤지만 괜찮아 보이는 것은 하나도 없었다. 삼인칭 현재형으로 쓰인 소설 중 유일하게 읽은 것은 앤 비티Ann Beattie의 『겨울의 쌀쌀한 풍경들Chilly Scenes of Winter』밖에 없었던데다, 친구가 최근 인터뷰에서 한 말이 떠올라 불안해졌다. 그가 삼인칭 시점을 "믿지 않는다"고 말했기 때문이다. 내가 주인공으로부터 거리를 둬도 된다는 이유 하나만으로 삼인칭을 선택한 것이었나? 묘사를 깊게 하지 않아도 되기 때문에 내가 현재형 시제로 쓰고 있는 거였나? 아니다. 묘사는 깊게 하지 않는 게 나았다. 화면을 쳐다보고 있는 지금 시야는 여전히 흐릿했고 이제는 마치 시선을 따라가듯 생각마저 부드러워졌다. 미동도 없는 자세로 화면 앞에 앉아 있자니 손가락과 입술 그리고 시야의 가장자리가 미세하게 떨렸다. 내 소설은 안중에도 없는 상태로, 생각 역시 단어보다는 이미지 형태로, 즉 언어 이전의 형태로 구성되어 자아를 느꼈다. 때때로 '삼인칭……'이나 '씨발' 같은 불완전한 언어로 생각이 떠올랐다.

리의 첫 소설이 삼인칭 시점 현재형 시제가 아니었나? 에릭의 소설은? 나는 트랜스 상태에서 빠져나왔다. 시간이 지나 봤자 겨우 몇 초 지난 것에 불과하겠지만 느낌으로는 몇 분이 지나간 것만 같았다. 새로운 탭을 열었다가 곧바로 닫았다. 트위터 유저 네임을 클릭한 뒤 내 프로필 사진을 봤다.

'씨발' 하고는 울적해졌다. 슬픔이나 절망과 같은 감정을 느꼈다. 조금 더 스크롤을 내렸다. 내 트위터는 끔찍했다. 물론 트위터 전반이 끔찍하긴 했다. 어느 정도였냐면 2014년 후반부에 누군가 트위터에 있는 모든 걸 끔찍하게 만드는 버그를 풀어 버린 것 같은 느낌이었다. '그래도 트위터 덕분에 많이도 웃었는데' 하고 한탄했다. 더 이상 트위터로 웃을 일이 없었기 때문이었다. 한때 트위터에는 웃기고 흥미로운 트윗밖에 없었는데 지금은 지루하고 끔찍한 헛소리

밖에 없었다. 나는 내가 손등에 털이 수북하게 난, 뭉툭한 손으로 키보드를 쾅쾅 두드리는 오우거〔Ogre, 유럽 민담에 등장하는 힘이 세고 포악한 거대 괴물〕가 된 상상을 했다.

'조오옴 하라고오오'라고 나는 생각했다.

어렸을 적에는 트위터를 일종의 예술로 여겼다. 140자 이상으로는 글을 트윗 할 수 없다는 제약이 다른 시적 텍스트에 부여되는 제약과 비견할 만했던 것이다. 게다가 '글자 수'로 제약을 두는 유일한 형식이기도 했다. 안일하지만 다음과 같이 추측했다. 트위터는 다른 것들과 마찬가지로 예술이라고 말이다.

이 기억을 떠올릴 때면 묘한 지점에서 감명받곤 했던 어렸을 적 모습이 함께 떠올랐다. 예민하고도 뚱했던 10대 시절 내게 몇 안 되는 즐거움 중 하나가 트위터였다. 나는 진심으로 트위터가 특별하고 또 선하다고 믿었는데, 이제는 진실이 내 앞에 드러나 있었다. 트위터는 기생충 같은 떠버리들로 바글거리는 소름 끼치는 지옥이 되어 있었다. 그곳에는 아무것도 아닌 군주가 아무것도 추구하지 않고 아무것도 창조하지 않으며 오직 파괴하고 해체하고 불평하고 화내고 무의식적으로 자존심을 세우기만 했다. 아무것도 아닌 것 위로 군림할 수 있는 군주가 있다면, 아무것도 아닌 것이라도 영예롭게 받아들이리라……

'젊은 애들은 참 바보 같은 걸 믿는다니까'라고 생각했다. 특히 젊은 예술가나 작가들 말이야. 나는 절망에 빠져 트위터를 계속 쳐다봤다.

생각 없이 클릭 몇 번 했더니 어쩌다가 최근 내 트윗에 '좋아요'를 누른 사용자들의 목록이 떴다. 나는 그 리스트에 있는 모든 이름을 읽고 다시 리스트 위쪽으로 스크롤 한 뒤 잠시 뭉그적거리다가 닫기 버튼을 눌렀다. 피드의 꼭대기까지 스크롤 했다가 홈 버튼을 눌렀다. '트위터……' 하고 내 생각을 그곳에 버렸다.

그러다가 '동물……' 하고 생각했다. 마치 '트위터'를 생각하려다가 헛발을 디뎌서 '동물'을 생각한 것처럼. '동…….' 나는 알림 버튼을 클릭한 뒤 최근에 받은 좋아요와 리트윗, 그리고 답글을 봤다. 내 뇌가 적어도 여러 층위에서 가동하고 있다는 느낌을 알아챌 수 있었다. 강박적으로 클릭을 하는 데서 비롯되는 낮은 정도의 고통이 있음은 물론이고, 행동의 변화를 끌어낼 충분한 힘이 없다는 점에서 말이다. 새로운 팔로워의 프로필을 클릭해 볼까 고려했지만 그러지 않기로 했다. 바로 전주에 이름은 알고 있었지만 실린 작품은 하나도 읽어 보지 않은 어떤 저급 문학잡지의 편집자가 나를 팔로우 했다가 팔로우 취소하고 다시 팔로우 하길 세 번이나 반복했다. '새 팔로워를 확인하면 꼭 그런 일이 발생한단 말이지'라고 나는 생각했다. 즉 어떤 정신 나간 편집자의 품위 없는 심리극에 강제로 동원되고 아첨꾼의 공허한 자존감 투쟁에 빨려 들어가 원치 않을 때 이용당하고 마는 것이었다……. 나는 트랙 패드에서 손을 떼 테이블 위에 올렸다.

나는 트랙 패드에 다시 손가락을 올리고 트위터 홈페이지를 클릭했다. 다음에는 같은 손짓으로 지메일을 클릭했다가 트위터를 또 한 번 클릭했다. 빠르고도 아무 생각 없이.

'씨발'이라고 나는 단순하게 생각했다.

내 소설을 떠올렸다.

아직은 트위터에 대해서 어떤 언급도 하지 않은 내 소설은 트위터에 대해서 별생각이 없던 시절을 기반으로 쓰고 있는 것이었다. 도입부는 2014년 말의 어느 오후를 가정한 뒤 회상하는 형식으로 쓴 것인데, 그날 나는 친구의 장례식장에 갈 준비를 하고 있었다. 넥타이를 어떻게 매는 건지 기억하려 애쓰고 있을 때 우체국장으로부터 전화가 걸려 왔다. 수취인이 '딜런'인 택배 하나를 접수했는데, 주인이 나인 것 같다며 택배의 발송지로 적혀 있던 가게에 직접 확인해 보라고 했다. 당혹감에 가득 차 장례식장에 갈 차림새로 집 주위를 뛰어다녔다. 임시 개통한 휴대폰이나 저울을 비롯해, 증거로 쓰일 수 있는 다른 물건들을 모두 부순 뒤 남은 잔해들을 대형 쓰레기통에 처박아 넣고 나서야 우체국장을 만나러 갈 수 있었다. 그는 가게에서 대마가 1lb〔약 450g〕나 들어 있는 진공으로 포장된 상자를 꺼내면서 내게 질문했다. 나는 그의 질문에 대답하길 거부했다. 한편 내가 가게에 직접 가기로 한 유일한 이유였던 가게의 주인인 내 친구는 구석에 앉아 울고 있었다. 그곳에 있는 여섯에서 일곱 명의 사람 중 몇몇은 마약단속국 직원이었고, 몇몇은 클리블랜드 경찰이었다. 만약 이 택배를 아무도 가져가지 않는다면 가게의 모든 물건을 압수하겠다고 위협하길

래 결국 내가 택배를 가져가겠다고 했더니 그들 모두 한결 마음이 편해진 듯했다.

나중에 친구가 이야기하기로, 내가 그곳에 도착하기 전에 경찰관들이 내 페이스북과 트위터 계정을 구글링 해서 내가 작가라는 것을 알아낸 상태였다고 했다.

"작가이신 거 다 압니다." 그들이 말했다. "작가들은 돈을 잘 못 벌죠. 그러니 여기 택배를 가져다주는 대가로 몇백 달러를 주겠다고 하면 처음엔 '뭐야' 했다가도 일을 받아들였을 거예요. 누가 택배를 가져오라고 했는지만 알려주세요."

나는 노트북에서 시선을 뗀 뒤 일종의 스트레칭으로 목을 꺾고서 조리대 위에 올려져 있는, 아직 우러나고 있는 차를 바라봤다. 블라인드를 뚫고 들어오는 햇빛을 받으니 마치 황수정이나 맥주처럼 보였다. 프렌치 프레스 안에서 몇 줄기 작은 찻잎이 둥둥 떠다니는 게 보였다. 의자에서 일어나 차가 있는 곳으로 가볼까—차를 잔에 따를까—생각했지만 그러지 않기로 했다. 나는 아침에 카페인을 섭취하지 않고도 버틸 수 있는 한 오랫동안 차를 우려내기 좋아했다. 차

29

는 오래 우린 만큼 효능이 더욱 좋다. 오래 기다린 만큼 차는 진해졌고 그것을 마시고자 하는 욕망도 증가했다. 그렇게 우려낸 차는 효능이 결과적으로 두 배는 강했다.

내가 아침마다 우려냈던 것은 예르바 마테Yerba Mate 찻잎으로, 함유된 카페인을 섭취했을 때 불안해지는 정도가 커피보다 훨씬 덜했다. 커피를 마시면 꽤 자주 인사불성의 상태 또는 몸을 덜덜 떠는 병약한 상태가 되어 그 어떤 일도 끝내지 못했다. 키보드에 아무렇게나 타자를 치거나, 심지어 눈이 얼어 버리기라도 한 양 화면을 공허한 시선으로 쳐다보기만 했다. 예르바 마테와 구아유사Guayusa─아마존 북쪽에서 자라는 예르바 마테의 친척 종이다─는 유일하게 부작용 없이 내가 원하는 효과를 느낄 수 있는 음료였다. 나는 바이올렛이 일어나기 전에 프렌치 프레스 하나 분량을 다 마시는 걸 좋아했다. 차를 우리기 위해 5~6인용의 예르바 마테를 대략 900ml짜리 프렌치 프레스에 넣고 79도로 데운 물을 부었다. 때때로 나는 데운 물을 찻잎 바로 위에 붓는 게 아니라 프렌치 프레스의 벽면을 따라 부었는데, 물이 찻잎을 휩쓸고 마치 폭우 속의 개미들처럼 서로 뒤엉키게 하는 걸 좋아했기 때문이었다. 차를 우리는 중에 나는 찻잎을 자극하기 위해 거름망을 반 정도만 담갔다가 다시 빼기를 여러 간격을 두고 반복했다. 이것은—이전 직장에서 동료가 차 우리는 법을 알려 주면서 보여 준 것이고, 이후로 쭉 이 방법을 고수해 왔다—'향을 착즙하기' 위함이었다.

허벅지와 엉덩이로 의자를 뒤로 밀고서 일어났다.

부엌 식탁에서 조리대로 가는 도중 '향'이라고 생각했다. 사실은 평범하게 걸었지만 마치 오리처럼 내가 프렌치 프레스를 향해 뒤뚱거리며 걷는 광경을 상상했다. 나는 찻잎을 담그러 조리대로 가는 것을 무척 즐겼다. 이전 직장에서의 담배 타임을 떠오르게 했기 때문이었다. 노트북 모니터에서 멀어져 조리대로 향하는 약 4초간 나는 긴장을 풀 수 있었다.

조리대 위 판을 손가락으로 조심스럽게 탁탁 쳤다. 나는 대체로 사물들이 뭐로 만들어져 있는지 전혀 알지 못했다. '이 조리대 상판은 가짜 대리석인가?' 정도로만 얼핏 생각했다. 하지만 이렇게 조리대 옆에 서서 손가락을 두드리고 있자니 이런 생각이 들었다. '화강암인가? 아니. 가짜야……. 대리석?' 다시 조리대 윗면을 손바닥으로 쓸면서 만져 봤는데, 나 자신이 잠깐이나마 바텐더가 된 것 같은 느낌이 들었다. 그러고는 곧바로 다시 차로 주의를 돌렸다. '내 차' 하고 아차 했다. 왼손은 프렌치 프레스의 나무 손잡이를 움켜쥐고 오른손은 프렌치 프레스의 플런저 위에 올려 뒀는데, 그럴 일은 없을 것 같았지만 만약 힘을 써야 한다면 수월하게끔 오른팔의 각도를 수정했다. 왜냐하면 지금 중요한 것은 차를 끝까지 우리는 일이기 때문이었다.

팔꿈치를 올바른 각도로 들어 올린 뒤 플런저를 눌렀다. 다시 뽑았다가 눌렀고 이를 세 번 반복했다. 진한 금빛 액체 속에서 찻잎이 바삐 돌아다니다가 플런저를 끌어당기면 또 실린더 안으로 내려가는 게 보였다.

지금 당장 카페인을 섭취하고 싶은 마음이 일었지만 충동을 억누르고 다시 테이블로 돌아가 앉았다. 노트북이 정중앙으로 오게끔 의자 위치를 조정한 뒤 트랙 패드 위에 손가락을 위에 올렸다.

화면에 불이 들어왔다!

마치 물고기처럼 몸통을 꿈틀대면서 의자를 조금 더 안쪽으로 끌어당긴 뒤 '이건 기적이야'라고 생각했다. 진실한 놀라움과 자의식이 점차 나를 뒤덮는 게 느껴졌다. 화면에 불이 들어온 것을 기적처럼 느끼면서 실은 내가 얼마 전 인터뷰에서 읽은 대목을 어느 정도는 따라 하고 있음을 인지했다. 그 인터뷰에는 조던 카스트로가 "이것저것이 모두 제구실을 한다"는 게 얼마나 "기적적인" 일인지 열변하는 내용이 실려 있었다.

인터뷰를 읽고 나서 나는 수치심 비슷한 것을 느꼈다. 당연히 내 마음에 들지 않으리라 예상했지만 읽은 내용 대부분을 동의할 수 있었기 때문이었는데―기자들은 종종 조던 카스트로를 내가 전혀 동의할 수 없는 인사들과 묶어서 소개하곤 했고 그가 정치적으로 아무 의미도 없는 말을 분노에 가득 차 늘어놓는다고 평가하기도 했다. 그의 책과 인터뷰를 모두 살펴본 바로 그것은 그의 실제 관점을 전혀 반영하고 있지 않았고, 그가 썼거나 말한 내용을 지독하게 오해하거나 깎아내리는 것을 목적으로 해서 그렇다는 걸 알게 되었다—조던 카스트로에 대해 한 번도 들어 본 적 없던 바이올렛이 내 옆에 앉아서 인터뷰 내용에 공감하자 그 수치심은 바로 사라졌다.

내 노트북이 제대로 작동하고 있다는 경이감이 파편화된 채 사라져 감에 따라 '씨발'이라고 생각했다. 나는 내 삶 대부분을 모든 것이 망가져 있다고 믿으면서 보냈다. 최근에야 이해하게 된 것이지만 모든 것이 진짜가 아닐 거라고 맹목적으로 믿는 식으로 말이다. 이렇게 평생 내가 세상을 바라보던 방식은 어느 정도 나 자신의 모습을 반영하고 있었다. 바깥을 내다보는 척하면서 동시에 안을 들여다보는 척하면서 나는 항상 나로부터 출발했다. 내가 믿는 이야기에 부합하지 않는 것들은 다 무시하면서 악의와 비극만이 삶의 유일한 진실인 양 생각했다. 모든 것들이 망가져 있다고 생각했다. 사실은 전혀 그렇지 않을 때조차, 즉 모든 것이 제구실하고 있을 때조차 말이다! 구실을 못 하는 듯 보이는 것들도 사실은 제구실하는 거였다. 조던 카스트로를 앵무새처럼 따라하며 '믿기지 않을 정도로 기적적이다'라고 생각했다.

트위터를 닫고 나서 다시 한번 무심코 지메일을

들여다보고 있는 나를 발견했다. 리로부터 벌써 답장이 와 있었다. "연속적이고, 만족스럽고, 상쾌하게 기다란 똥을 눔/iPhone에서 보냄"이라고 적혀 있었다.

숨을 들이마시고 몸의 균형을 바로잡은 뒤 작업을 시작하기로 다짐했다. 리에게는 나중에 답장을 보낼 것이다. 그런데 우선 차를 좀 마시고 싶었다. 작고 미묘하게 끼익하는 소리가 나도록 의자를 뒤뚱거리며 뒤로 민 다음, 부엌 조리대를 향해 의기양양하게 걸어갔다. 프렌치 프레스의 나무 손잡이를 잡고 마지막까지 찻잎을 짜내기 위해 플런저의 거름망을 우악스럽게 밀어 넣었다. 플런저를 천천히 당기고 다시 강하게 밀어 넣으면서 '향을 야무지게 착즙해야지'라고 생각했다.

이제는 금빛이 된 갈색 액체 속에서 플런저의 거름망 틈을 통해 찻잎들이 빠져 올라가는 것을 보자 옛날 프렌치 프레스 생각이 났다. 지금 것보다 더 크고 또 고급품이었는데, 일주일 전 내 실수로 망가지고 말았다.

원래 쓰던 프렌치 프레스는 외양이 빨간색 플라스틱으로 장식된 보덤 사의 제품이었고 지금 내가 겪는 이런 문제는 없었다. 거름망 틈으로 찻잎이 빠져나와 찻물 속에 섞여 드는 일 말이다. 보덤에서 나온 옛날 프렌치 프레스는 완벽했다. 보덤으로 우려낸 차는 한 모금 한 모금이 선명하고 맑은 맛으로, 지금 프렌치 프레스에서 우린 찻물처럼 악의가 배어 씁쓸한 맛을 내는 찻잎이 섞여 있는 일 따윈 없었다. '음, 보덤이라면 이런 문제는 없었을 텐데.' 아니, 애초에 아무 문제도 없었다. 정말 완벽했나. 브랜드 로고도 새겨져 있지 않은 이 오래된 프렌치 프레스보다는 훨씬 나았다. 이나 입술, 잇몸에 불순물이 끼거나 빠져나온 찻잎의 쓴맛이나 까슬한 식감으로 한 모금을 망치는 일이 없었다. 아침에 일어나자마자 제대로 향을 착즙해도 불순물이 위로 떠오르는 일은 없었다……

　그러니까 한마디로 보덤 사의 것으로 하면 모든 게 순조로웠으나 지금 이것으로는 모든 게 순조롭지 않았다.

　처음에는 그다지 신경 쓰지 않겠다고 다짐했다. 나는 항상 기대한 효과가 일어나기만 한다면 맛이 좋지 않아도 잘 참고 먹었다. 심지어 보덤이 망가진 지난 한 주간 남은 찻잎 찌꺼기들이 몸에 좋다고 생각할 정도였다. 찻잎에는 카페인이 들어 있으니 찻잔에 찻잎이 남아 있지 않을 때보다 더 많은 카페인을 섭취할 수 있겠다는 이유에서였다. 나는 항상 효과를 위해 섭취해 왔던 데다 무엇이든 빨리 적응하는 편이었다. 부엌 조리대에 서서 찻잎 찌꺼기들이 부드럽게 떠올랐다가 가라앉는 광경을 지켜보는 것은―마치 새로운 일상으로 자리 잡기라도 한 것처럼 아무런 생각도 나질 않았다―내게 카페인 섭취에 대한 기대만을 불러일으켰다.

나는 따뜻한 액체가 안에서 움직이는 느낌을 정말 좋아했다. 첫 모금은 흐르는 강줄기 같았는데―혀를 스치고 지나 입 뒤편으로, 목구멍 아래로 흐른 뒤 가슴을 통과해 그리고 내장 기관에 떨어지는 과정―어떻게 카페인에 대한 갈증을 바로 해결해 주는지, 내 입에 닿자마자 언제나 이렇게 믿기지 않을 정도로 바로 기운을 차리게 해 주는지 정말 흥미로웠다. 이는 내가 운전하거나 소설을 구상하며 멍 때리던 시절에 발견한 사실이었는데, 그건 바로 카페인이 믿기지 않을 정도로 효력을 발휘한다는 것이었다. 혀에 닿자마자 바로 효과를 냈으니까. 아침에 뭔가 따뜻하고 카페인 효과가 있는 액체를 마시면 행복감이 즉각적으로 상승했다. 헤로인 금단증상을 겪었을 때가 떠올랐다. 헤로인이 든 작은 지퍼 백 하나를 들고 있으면 금단증상은 확연히 줄어들었다. 헤로인을 주사할 준비만 하고 있어도 그랬다. 숱한 밤 동안 누적되어 온 카페인 중독 증상이 그냥 티백 하나 들고 있다고 완화되었다는 얘기는 아니다. 그저 한두 모금만 마시면 내 몸이 미처 흡수하기도 전에 느끼던 불편함이 마법처럼 사라진다는 얘기다.

'예르바 마테와 헤로인'이라고 나는 부엌 조리대에 서서 바보처럼 생각했다. 이 통찰을 소설에 옮겨도 되려나? 소설의 배경이 내가 헤로인을 끊고 바로 예르바 마테를 마시기 시작하던 무렵이긴 했다. 나는 소설을 쓰면서 예르바 마테와 헤로인은 차이가 있다는 것을 반쯤 확신하게 되었다. 예르바 마테는 한 모금씩 마실 때마다 기분이 조금씩 좋아졌고, 헤로인은 한번 투여하고 난 다음에는 기분이 더 이상 좋아지지는 않았다. 예르바 마테의 효과가 서서히 부풀어 올랐다면 헤로인은 가라앉는달까.

멍청이가 된 기분이 들었다. 최근 내가 상사에

게 예르바 마테를 많이 마시고 느꼈던 가벼운 희열을 "MDMA〔불법 각성제와 환각제의 일종〕를 저용량으로 복용한 기분"이라고 문자를 보냈다가 곧바로 그에게 조롱을 받았던 수치심이 기억났기 때문이었다. 참으로 유감스러운 용어 선택이었다. 비록 최종적으로는 내 묘사가 실제에 가깝다는 결론을 내렸지만 말이다(글을 써 내려가며 더 생각해 보니 위와 같은 비교를 했던 것에는 나름 합당한 이유가 있었다. 카페인도 일종의 약물이기 때문이다! 나는 나중에 안도감을 느끼며 어떤 약물이 다른 약물과 비슷하다고 느껴도 괜찮다고 생각했다. '예르바 마테는 그 효과가 계속 증폭하지만, 헤로인은 계속 감소한다'는 생각에는 아무런 문제가 없을뿐더러 '아침에 차를 마시면 카페인을 향한 갈망이 즉각적으로 완화되는데, 마치 헤로인이 든 지퍼백을 들고 있을 때 금단 증상이 완화되는 것과 같다'고 여겨도 충분히 수긍할 만했다. 따라서 "예르바 마테를 많이 마시고 느끼는 가벼운 희열은 MDMA를 저용량으로 복용한 기분"이라고 문자를 보내도 전혀 문제 될 게 없었다는 이야기다).

이 감정을 쭉 따라가다가, 찬장으로 시선을 옮

겼다.

　　머그잔이 필요했다.

나는 왼팔을 들어 찬장 왼쪽에 있는 문을 열었다가 오른팔을 뻗어 찬장 오른쪽에 있는 문을 열었다. 그러자 찬장 중간에 모여 있는 머그잔들이 보였다. 아니, 깨끗한 머그잔들이 보였다. 내 선택지는 이상할 정도로 한정적이었다. 바이올렛이 사용하는 미친 크기의 머그잔(나는 이걸 절대 안 썼다), 보통 크기의 머그잔 두 개, 그리고 내가 필름이 끊겼을 때 기념품 가게에서 산 "할머니 사랑해요"라고 적혀 있는 작은 크기의 머그잔 하나가 있었다.

　　나는 다른 머그잔이 있나 부엌을 훑어봤다. 싱크대 안에는 더러운 접시들과 함께 바이올렛의 머그잔 두 개가 놓여 있었다. 모두 바이올렛이 대학교 때 휴게실에서 훔쳐 온 것이었다. 그러나 내가 가장 애용하는 머그잔이 어디에도 보이지 않아 가벼운 실망감을 느꼈다. 싱크대 밑으로 팔을 뻗어 접시들을 이리저리 치우자 미끄러진 접시들이 그릇과 은식기에 부딪혀 시끄러운 소리를 냈다.

아침에 일어나서 특히 애용하는 머그잔은 총 두 가지였다. 하나는 플로리다 머그잔이었다. 기능적으로나 미적으로나 흠이 없었다. 컵 전면에는 클립아트 스타일의 고요하면서도 다채로운 풍경화가 있었다. 아주 연한 푸른색이 그림의 밑바닥을 가로지르면서 오른쪽을 향해 파도가 일렁이고 있었다. 그 덕에 시선은 위쪽에 있는 무지개—빨주노초파(물 색깔과 같은 파란색)—로 이어졌다가 다시 아래로 떨어졌다. 정말이지 놀라웠다. 무지개의 왼쪽 끝머리의 물가에는 검은색 야자나무 세 그루가 그려져 있었고 모두 기막히게 그림자가 반영되어 있었다. 야자나무를 따라 시선을 하늘 쪽으로 옮기면 클립아트로 된 갈매기 두 마리가 빨간색과 하얀색으로 그려진 범선을 맴돌고 있었다. 이 모든 것을 무지개가 둘러싸고 있었다. 물을 가로지르며 인쇄된 부분은 내가 가장 좋아하는 부분(기능적 측면은 제외하고)이었는데, 노란색과 하얀색 줄무늬가 있는 목판 글자체로 "플로리다"라고 적혀 있었다.

미적인 결함이라고는 머그잔 바닥에 삐뚜름하

게 검은색 대문자로 인쇄된 "MADE IN KOREA" 표시였다. 머그잔을 이용하는 사람이 간섭당하는 기분이 들어서는 안 되니 바닥에 인쇄한 것은 납득 가는 결정이었다. 하지만 방이나 테이블 건너편의 제삼자가 원산지를 알게 되는 것이 썩 기분 좋은 일은 아니었다. 플로리다 머그잔은 미적으로는 만족스러웠다. 그러나 어떤 혼란의 여지도 없이 바닥에 인쇄된 "MADE IN KOREA" 표시는 머그잔이 오직 사용자의 기쁨만을 위해 만들어진 것이지, 머그잔을 사용하는 중에 그 앞에 앉아 있을 가없은 사람을 고려해 만들어진 게 전혀 아님을 상기해 줬다. 이는 내가 일어나자마자 이 머그잔에 차를 따라 마시는 걸 좋아하는 이유기도 했다. 혼자 있을 수 있었기 때문이다. 감각적으로 무척 만족스럽기도 했다.

머그잔의 물질적 구성도 매우 인상 깊었다. 340ml 정도를 담을 수 있음에도 같은 용량의 다른 머그잔보다 가벼웠다. 나는 그 이유를 머그잔 '벽'이 얇기 때문이라고 분석했다. 만약 내가 바이올렛처럼 마시는 속도가 느리다면 문제가 될 수 있었지만—왜냐하면 벽이 얇은 만큼 빨리 식으니까—다행히 나는 언제나 빨리 마시는 편이어서 얇은 머그잔의 장점만을 평생 즐길 수 있었다. 게다가 플로리다 머그잔의 곡선은 기다랗고 늘씬한 내 손가락에 맞춰 만들기라도 한 것 같았다. 그 덕에 손잡이에 끼운 검지는 중지 위에서 편안하게 있을 수 있었다. 중지는 약지와 새끼손가락이 단단히 지지해 줬고, 엄지는 매끄러운 곡선으로 이뤄진 머그잔 손잡이 위쪽에 부드럽게 자리 잡을 수 있었다. 나는 부엌을 미친 사람처럼 뒤지며 '감각적인 만족'이라고 생각했다. 내 감각적인 만족은 어디 있는 거야? 씨발. 씨발.

이 머그잔은 쥐고 있기에도 좋았고 가벼운 무게로 들기에도 좋았다. 머그잔의 입구―잊으려 해도 잊을 수 없는 그 입구―는 바깥을 향해 고유한 방식으로 곡선을 이루며 미세하게 돌출되어 있어서 입구 쪽이 머그잔의 밑동보다 살짝 더 넓다는 점 때문에 음료가 더 수월하게 흘러나올 수 있었다. 비록 잔을 기울이고 음료가 흘러나오게 하는 것은 컵을 든 사람이었지만 마치 머그잔이 음료 마시는 것을 도와주는 듯한 기분이 들었다. 음료가 밖으로 나오게끔 머그잔이 벌려진 입술 안으로 들어가 관성을 지닌 채로 혀 위로 매끄럽게 안착해 예상보다 조금 더 큰 기쁨을 주게끔 감언이설로 꾀어내는 것 같았다. 그래서 진정 효과가 있었다. 차는 자기 자신을 마시는 사람에게 이렇게 주장하는 것만 같았다. **차를 마신다는 건 이런 거야.**

　　내가 소설을 쓰면서 예르바 마테를 마시고 싶은 머그잔—내가 선호하는 머그잔, 그러니까 플로리다 머그잔—은 찬장에도 싱크대에도 없었다. 어디 있을까? 거실을 재빠르게 훑어보았다. 나는 불만족스럽게 내가 좋아하는 다른 머그잔을 떠올렸다. 그건 내가 운전하면서 차를 마시다가 부주의하게 떨어뜨렸기 때문에 조수석 뒤쪽 바닥에 있었다. 내 자동차는 쓰레기와 텅 빈 용기들로 가득 차 있었다. 그곳에 플로리다 머그잔이 있을지 떠올려 보려고 했으나 실패했다. 하는 수 없이 접시로 가득한 싱크대에서 바이올렛의 머그잔을 꺼내 들었다. 그리고 지난번 사용한 후로 세제 거품기가 있으나 마나 하게 묻어 있는 수세미로 머그잔을 닦은 뒤 조리대에 올려놓고 프렌치 프렌스 안에 든 예르바 마테를 부었다.

짧지만 응축된 집중력으로 입술을 오므려 공기와 함께 뜨거운 차를 빨아들였다. 이렇게 한번 머금은 찻물을 입천장에는 닿지 않게 하되 혀 위에서 맴돌게 하다가―나중에는 양 볼 사이로 굴렸다―내 안으로 사라지게끔 했다. 새로우면서도 익숙한, 정말이지 지극한 기쁨을 주는 행위였다. 나는 의자를 테이블 쪽으로 끌어당긴 뒤 사타구니에 진 바지 주름을 폈다. 머그잔을 내려놓았다. 소설을 쓸 준비가 되었다.

머그잔을 들고 또 한 모금 빨아들이자 사람을 편안해지게 만드는 온기―실제 찻물의 온기이자 일부는 곧 기분 좋은 느낌이 따라오리라는 약속에서 비롯되는 온기―가 나를 채웠다. 차를 음미하며 트랙 패드에 손가락을 올린 뒤 커서를 움직이고자 원 모양으로 트랙 패드를 문질렀고 곧 모니터에 불이 들어왔다. 또 한 번 나는 구글 메일의 받은 편지함을 마주하게 됐다.

그리고 나는 검색창에 "doc"이라고 입력하고 자동 완성된 "개꿈+등등―구글 문서 도구"라는 제목의

하이퍼링크를 클릭하는 대신, 호기심에 찬 채 새 탭을 열었다. 그리고 마치 의도했던 것처럼 '즐겨찾기' 메뉴에 있는 페이스북 아이콘을 클릭했다.

현시점까지 오늘 아침은 내 통제 밖에 놓여 있는 것 같은, 그러니까 나로 인해 일어나는 일이 아니라 내게 벌어지는 일처럼 느껴졌다. 가슴에 가득 찬 공기를 훅 하고 입과 코를 통해 거칠게 내쉬었다. 손으로 머리카락을 쓸어내렸다. 나는 페이스북이 싫었다. 좋은 점이라고는 하나도 없었다. 페이스북은 언제나 비참할 정도로 무의미했으며 해로웠다. 어떻게 이렇게 조합했는지 믿기지 않을 정도로 못난, 파란색과 회색 박스 아이콘들은 화면 안 어딘가에서 나를 놀리는 듯했다.

나는 사춘기 시절의 대부분을 페이스북 계정 없이 보냈다. 동창들이 마이스페이스에서 페이스북으로 갈아타던 시기에 나도 잠깐 만들었던 적이 있긴 했지만 왠지 거북한 느낌이 들어 곧바로 삭제했다. 그때의 나 역시 페이스북에는 의문스러운 뭔가가 있음을 직감적으로 알아챘다. 사람들이 열띤 채로 말하는 이 페이스북이라는 것에서 나는 즉각적인 방어 태세를 취할 수밖에 없었다. 동창들을 홀릴 새로운 뭔가가 나타났음을 감지했기 때문이자 무엇보다 막 싹트던 나의 지적인 성향과 근본적으로 불화하는 지점이 있었기 때문에 몹시 짜증스러웠다. 한마디로 남들이 한다고 나도 얼씨구나 하고 페이스북 계정을 따라 만드는 그런 종류의 사람은 아니었던 것이다. 나는 페이스북 계정을 바로 만들지 않았다.

그러나 페이스북의 이전 세대 플랫폼인 마이스페이스는 마음에 들었다. 음악 플랫폼이다 보니 애정은 배가 됐다. 애초에 내가 끌렸던 이유이기도 했다. 내가 당시 좋아했던 펑크 밴드들은 대부분 마이스페이스 계정이 있었던 데다, 'TOP 8' 기능을 통해 사용자들이 자신과 가장 친한 다른 유저 여덟 명을 선정하고 뮤지션들은 자신과 관련된 다른 뮤지션을 선정할 수 있었기 때문에 클릭하면서 새로운 펑크 밴드들을 발굴하고 펑크 음악을 끝없이 들을 수 있었다.

반면 페이스북은 고등학교 복도에서 가장 떠들썩하게 놀던 유명한 학생들 중심으로 떠오르기 시작했는데, 마이스페이스와는 성질이 완전히 달라 보였다. 물론 당시 나는 확신에 차 있지 않았지만 말이다.

아무튼 페이스북은 한때 자신이 의도했던 음악 플랫폼이 되지는 못했다. 페이스북에는 나이 제한—계정을 만들려면 대학생이어야 했다—이 있었는데, 이는 페이스북을 아는 급우 중 나이가 많은 친구가 있거나 혹은 형제자매가 있어야 함을 의미했다. 내게도 나이가 많은 친구가 있긴 했지만, 그들은 페이스북에 관해 이야기하지 않았다.

나는 고등학생 시절 지인 중 페이스북 계정이 있었던 이들은 아마도 나이를 속였겠다고 생각했다. 시간대가 정확하게 기억나지 않았다……. 고등학생 시절? 중학생 때였나? 나는 동급생 중 통상적인 의미로 매력적인 외모를 지녔던 애슐리가 페이스북 계정을 만든 이유로 사진을 저장하기 좋기 때문이라고 말했던 것이 기억났다. 지구과학 시간에 그녀가 "사진 저장하기 좋은 곳이야"라고 미소 지으며 말했다. 수업 시간 당시 내가 책상 앞에 앉아 있을 때와 마찬가지로 부엌 식탁에 앉아 그녀에게 왜 그렇게 많은 사진이 있던 것인지 궁금해졌다. 그리고 또 한 가지 기억난 일화는, 같은 수업 시간에 그녀가 화가 잔뜩 난 채 절친 중 한 명이 자신의 남자 친구를 뺏으려 했던 데다 전 남자 친구 중 한 명과 구강성교를 했다고 내게 말해 준 일이었다. "아, 몰라. 너는 커지면 얼마만 해져?" 애슐리는―나는 그녀가 말한 목소리 톤을 정확하게 기억하고 있었다―자신이 빨았던 가장 컸던 페니스의 크기를 보여주기 위해 양손을 들고 간격을 벌린 채로 말했다. 그녀의 친구보다 더 커다란 페니스를 빨았다는 것에 어째서 자부심을 가지는지는 이해할 수 없었지만, 그럼에도 불구하고 그것은 내게 영향을 미쳤다. 그녀가 손으로 페니스의 길이를 과장하는 것인가? 내 페니스는 얼마나 컸지?

고등학생일 시절 거의 모르는 사이나 마찬가지인 동급생 애슐리에 관한 이상한 세부 사항들을 거의 10년이 지난 지금 부엌 식탁에 앉아 떠올리자, 나는 희미하게 흥분되는 게 느껴졌다. 지금이야 커다란 페니스를 빠는 걸 왜 자랑스러워했는지 이해하지만 그래도……. 나는 애슐리의 이름을 검색창에 입력한 뒤 클릭했다.

애슐리의 프로필 사진 속에서 그녀는 아마도 부모로 추정되는 나이 든 두 사람과 함께 호수 근치의 눈 내린 산꼭대기에 있었다. 나는 사진을 클릭한 뒤

확대하고는 그 사람 주변으로 커서를 맴돌게 했다. 사진 오른편에 있는 화살표를 클릭하자 그녀의 이전 프로필 사진이 떴다. 그녀와 어떤 남자가 찍혀 있었는데, 서로에게 팔을 두르고 마찬가지로 산에 서 있었다. 그녀의 남편 아니면 남자 친구일 남자—사진 속의 남자 말이다—는 눈에 띌 정도로 덩치가 컸다. 목도 굵고 얼굴도 넙데데했다. 나는 빠른 속도로 그녀의 다른 프로필 사진을 클릭해 나갔다. 그중 대부분은, 특히 최근 것이면 최근 것일수록 그 굵직한 남자가 함께 찍혀 있었다.

　　나는 애슐리의 프로필 사진이 시간 순으로 정렬된 것인지 궁금했다. 그건 모든 사진에서 그녀가 다 똑같이 보이고, 비슷하게 생긴 굵직한 남자들 혹은 여자들이 등장했기 때문이었다. 나는 고등학생 시절 유명했던 동급생들의 이름을 검색해 봤던—보통 한 명이었는데, 난데없이 기억이 떠오를 때나 피드에 뜬 어떤 게시물과 사진에 태그된 프로필로 넘어가기 전에 검색해 보곤 했다—최근 몇 년 전의 일을 떠올렸다. 그들 모두가 적어도 사진상으로는 고등학생 시절과 완전히 똑같아 보였고 늘 굵직한 남자들이나 생긴 게다 엇비슷한 친구들에게 둘러싸여 있었다.

　마치 급한 일을 처리하는 것 같이 광적이라고 해도 좋을 아주 빠른 속도로 애슐리의 프로필 사진으로 다시 이동한 뒤 배경 사진을 클릭했다. 사진 속 부유해 보이는 여성들과 굵직한 남성들은 모두 백인으로 드레스나 하이힐, 블레이저 또는 단추를 몇 개 푼 셔츠를 장착하고 있었다. 그들이 서 있어서 잘 보이지 않는 탓에 빌딩인지는 모르겠지만 아무튼 좁은 옥상에 옹기종기 모여 서 있었다. 그래도 그들 중 몇몇은 내가 알아볼 수 있는 얼굴이었다. 적어도 알아볼 수 있다고 생각했다. 그들의 얼굴과 몸 위로 커서를 움직였을 때 뜬 이름은 내가 모르는 이름이었다.

　'너무나 많은 삶을 살 수도 있었는데'라고 막연히 생각했다. 사진 속 모두가 내가 고등학생 시절 마주쳤을 법한 사람들처럼 생겨 있었다. 나는 일종의 현기증을 느꼈다. 과거는 이렇게나 묘한 방식으로 현재와 맞닿아 있었다. 고등학생 시절 알고 지내던 이들은 납작해지다 못해 한데로 섞여, 얼어 있는, 아무런 의미 없는 테마로 찍힌 사진 속의 낯선 이들이 되었다. 나는 몇 년째 휴가를 가지 않다가 문득 매일 아침이 휴가와 얼마나 동떨어져 있는지를 실감하게 되었다. 어깨는 둥글게 굽었으며, 목은 거북목이었다. 절대로 휴가 때 모습일 수가 없었다. 휴양지를 담은 포스터는 자라면서 많이 봐 왔지만 나는 애슐리 같은 사람들, 그러니까 내가 잠깐 페이스북에 한눈팔았을 때 보게 되는, 함께 휴가를 가서 찍은 단체 사진을 올리는 걸 무척이나 좋아하는 그런 사람들과 같은 휴양객이 될 수 없었다. 때때로 열등감과 불안감으로 인해 나는 이런 일탈을 폭력적이라고—사진은 어두운 진실을 감춘다고—그리고 다른 휴양지 사진들은 슬프다고 여기게 되었다. 사진 속의 인물들은 모두 표백된 미소를 지어 보이고 있었다. 눈을 크고 넓게 떴으나 초점은 잃은 상태로 말이다. 마치 카메라 뒤에서 뭔가 나타난 것처럼…….

나는 사진을 다시 한번 뜯어봤다. 애슐리는 고등학생 시절과 똑같아 보였을 뿐 아니라 사진 속 다른 이들과 모두 완전히 똑같아 보인다고 생각했다. 그녀의 새로운 친구들은 오래전 친구들과 똑같아 보였고 그들도 서로 완전히 똑같아 보였다.

몇몇 남자를 제외하고는 모두가 무릎을 어정쩡

하게 굽힌 채 서 있었다. 여자 중 대부분은 무릎에 손을 얹고 있었고, 남자들은 여자들 혹은 서로의 어깨에 팔을 두르고 있었다.

갑자기 마치 깊은 잠에서 깨어난 듯―혹은 믿기지 않는 노릇이지만 잠을 자다가 더 깊은 잠으로 빠져들듯―사진 속의 굵직한 남자 중 한 명과 인종차별에 관해 말싸움하는 상상을 하기 시작했다. 나는 그런 생김새를 가진 남자의 존재를 도무지 이해할 수 없었다. 현실 세계에서 나는 그런 사람을 더 이상 만나지 않는데, 함께 이야기하고 웃고 시간을 보내도 어째서인지 모르겠지만 신화 속에나 등장하는 타자 같았다.

'어쩌면 덩치가 큰 정도에 따라 비롯되는 문제일지도 몰라'라고 생각했다. 삶은 몸의 크기에 따라 바뀌는 듯했다. 실제로 나는 굵직한 친구가 한 명도 없었다. 나는 애슐리의 프로필 사진을 다시 클릭했다. 손을 트랙 패드 위에 올려놓은 뒤 스크롤을 밑으로 내렸지만 곧바로 멈췄다. 그러고는 얼굴이 홍당무처럼 빨간 두 남자와 함께 파티 장에 있는 그녀의 사진을 마주하게 됐다.

얼굴이 빨간 남자들은 빨간 컵을 들고 셔츠의 단

추 대부분을 풀어 헤치고 있었다. 그들은 마르디 그라Mardi Gras 비즈 목걸이를 한 채 에드바르 뭉크Edvard Munch의 그림인 「절규Skirik」를 연상케 하는 표정을 짓고 있었다. 두 남자 중 한 명은 반삭발한 헤어스타일에 분홍색 폴로 셔츠 밑으로 가슴 털을 내보이고 있었고, 다른 남자는 목깃 부분에 지퍼가 달린 남색 스웨터 위로 초록색과 하얀색의 체크무늬가 새겨진 셔츠를 입은 금발의 어린 남자아이처럼 보였다. 두 사람은 무서울 정도로 취해 보였다. 반면 애슐리는 맨 정신에다가 아주 침착해 보였다.

나는 조금 더 스크롤을 내려 동영상 두 개를 지나쳤다. 그중 하나는 '정치적 카우보이'라는 닉네임을 단 사람이 올린, 귀여운 동물이 섬네일인 영상이었다. 그러다가 애슐리가 고등학교 친구들과 찍은 사진을 마주하게 됐다. 사진은 고등학생 시절에 찍은 듯했다. 아니, 오래된 사진이라고 내가 괜히 지레짐작하는 것일 수도 있었다. 더 주의 깊게 들여다보자 최근에 찍은 것임을 알 수 있었다. 사진에 등장하는 몇몇 여성들은 첫눈에 봤을 때는 고등학생 시절과 별반 달라 보이지 않았지만 세심히 들여다본 결과 그때보다 덩치가 더 커진 모습이었다.

지금 내가 '교내 총기 난사 범인처럼 행동하고 있다'고 자각함과 동시에 어째선지 위법 행위를 저지르고 있다고 느꼈다. 그러면서도 사진을 계속 뜯어보고 있자니 한 가지 알게 된 점이 있었다. 그건 내가 항상 막연하게 느껴 오던 것과는 정반대되는 무엇으로, 고등학생 시절의 '유명한 여자애들'—그들 특유의 화장과 밀랍 인형 같은 미소가 특징이었다—은 매력적인 외모 덕에 유명해진 게 아니라는 점이었다. 그들은 실제로 그다지 매력적으로 생기지 않았다. 다른 뭔가가 있었다.

굵은 남자를 욕망한다는 점이 다른 것일까? 나는 반쯤 농담으로 생각했다. 아니면 굵은 남자들과 결혼이나 데이트하고자 하는 욕망? 아닌 것 같았다. 굵직한 남자들도 매력 없었다. 하지만 내 생각에는 남자들은 아름다울 필요가 없었다. 그렇다면 뭐지? 마치 탐정처럼 나는 여자들이 찍힌 사진들을 훑어보고 검색하며 단서를 찾아다녔다. 모든 것이—배경과 옷차림, 심지어는 이미지 주변의 다른 모양들마저—으스스하게 반짝거리는 통일성으로 납작해지는 듯했다. 그러다가 알게 됐다. 그들의 현재 모습은 고등학생 시절과 똑 닮았을 뿐 아니라, 서로와도 똑 닮았고 그들의 어머니와도 닮아 있었다. 그들 모두가 지닌 공통점. 자기 어머니의 미니어처 버전처럼 생겼다는 점. 그들은 여자아이를 성숙하게 보이게 하고 성인을 여자아이처럼 보이게 만드는 무언가를 가지고 있었다. 바로 돈이었다.

켈시는 자기 어머니와 똑 닮아 있었다. 레베카도 자기 어머니와 똑 닮아 있었다. 애슐리 역시 자기 어머니와 똑 닮아 있었다. 그리고 어머니들도 서로와 똑 닮아 있었다. 내가 예전에 페이스북에 잠깐 한눈팔았을 때도 발견한 특징이었다. 교외에 사는 한 어머니가 자기 딸과 닮으면 닮을수록 그녀는 자신이 바라는 이상적인 외모에 가까워졌다. 만약 교외에서 부족함 없이 사는 한 어머니와 그녀의 딸을 마주친다면 누가 딸이고 어머니인지 구분을 전혀 할 수 없으리라. 마치 일란성 쌍둥이처럼……

스크롤을 올려 화면 왼쪽 위편에 있는 페이스북 아이콘을 클릭하자 내 뉴스 피드가 떴다. 차를 한 모금 마신 뒤 화면 오른쪽 위편의 시계를 쳐다봤다. 오전 8시 25분.

나는 이상하게 물고기가 된 것 같은 느낌이 들었다. 아침을 이렇게 구리게 시작하다니. 나는 "푸후" 소리를 내서 불만족을 표현했다. 페이스북을 지울까 고민했지만 결국엔 지우지 않을 듯했다. 무력한 기분이 들었다. 내 안의 무언가가 마치 늪지대 속에서 보글거리는 액체와 가스, 안개와 함께 나타나는 괴물처럼 꿈틀거리며 슬며시 고개를 드는 게 느껴졌지만 그게 무엇인지 분간할 수 없었다가—물을 마셔야 하나? 아니면 똥 싸야 하나?—순간 번득였고 아주 간단한 문제였다는 것에 꽤 놀라며 깨달았다. 배가 고팠던 것이다.

　　나는 페이스북에서 지메일로 이동했다. 아침 식사를 요리하고 먹기 전—요리로 집필 작업을 미루고 싶지도 않았고 음식을 소화하느라 머리가 흐리멍덩해지는 것도 싫었다—에 소설을 좀 쓰고 싶었기 때문에 식탁 위에 올려져 있던 소쿠리 안 바나나를 향해 손을 뻗었다. 하나를 떼어 낸 다음 껍질을 벗기고는 한 입 베어 물었다. "으음." 차를 한 모금 마신 뒤에 바나나를 또 한 입 베어 물었다.

바나나는 맛있었다. 바나나를 입에 쑤셔 넣으며 받은 편지함을 멍하니 바라봤다. 그러자 내가 대마 밀수 조직에서 일하다가 퇴출당하고 잠시 일했던 화방의 길 건너편에 있던 '더 마켓'이라는 식료품점의 한 직원이 떠올랐다. 그가 내게 어떤 전조도 없이 "유기농 바나나랑 그냥 바나나는 맛에서부터 차이를 느낄 수 있죠"라고 말을 걸어오는 바람에 그날 점심시간을 망쳐 버렸다. 비록 사소하고 하찮은 일상적 교류에 불과해 보여도, 나는 바나나를 먹을 때나 혹은 바나나를 살 때 이 순간을 종종 아주 선명하게 기억해 냈다.

"뭐, 어떤 과일은 딱히 상관없지만요." 그 직원은 주문한 샌드위치가 나오길 기다리는 내게 아무것도 아니라는 것처럼 말했다. "그런데 바나나는 그 맛의 차이가 느껴진단 말이죠." 나는 대답을 회피하기 위해 휴대폰으로 뭔가 쳐다보는 척하면서 "그렇군요" 하고 웅얼거렸고 고개를 끄덕이면서 동의했다. 그러나 이후 몇 년간 나는 그의 말을 기억에서 소환할 때가 있었다. 유기농 바나나와 비유기농 바나나의 맛 차이는 당연하게 여겼지만―아마 어떤 음식이든 유기농과 비유기농을 구분할 수 있는 건 마찬가지다―나는 그가 "어떤 과일은 딱히 상관없다"라고 했던 건 대체 무슨 과일을 두고 말한 것인지 아무리 애써도 알 수 없었다. 조금도 중요하지 않은 몇 년 전의 대화가 떠오를 때마다 이 의문은 나를 괴롭혔다.

대부분의 과일과 비교했을 때 바나나가 유기농인지 아닌지는 확실히 덜 중요했다. 껍질이라는 무시할 수 없는 존재 때문이다. 사람이 먹는 바나나의 과육은 두꺼운 껍질에 의해 보호되고 있으니—자몽, 오렌지, 석류, 파인애플, 아보카도, 멜론, 레몬, 그리고 라임도 마찬가지다—바나나 한 개당 우리가 섭취하는 농약의 양은 예컨대 껍질째 먹는 산딸기나 배 같은 과일에 비하면 상대적으로 적은 것이 당연했다. 맛의 차이는 이런 관점에서 접근해야만 했다.

살충제가 얼마나 도포되는지 그리고 비유기농 바나나를 재배하는 데 어떤 호르몬제가 투여—어쩌면 주사로 주입하거나 바나나에 통째로 영향이 가도록 씨앗 단계일 때부터 조치할지도 모르겠다—되는지 알지 못하지만 과잉된 열정으로 인해 식료품점 직원이 내뱉은 그 불가해한 발언은 내 입장에서 완전히 글러 먹은 것이었다.

유기농 바나나를 맛있게 먹으며 부엌 식탁에 앉아 있다가 폐렴으로 병원에 입원한 할머니의 병문안 갔을 때를, 그리고 병원에서 식사라고 내어 준 사과를 먹던 때를 떠올렸다. 할머니는 아편 성분이 든 약을 끊은 지 30년이 넘었고 진통제 투여를 거부했기 때문에 사과를 베어 먹는 것에도 꽤 큰 고통을 느꼈다. 그렇다고 해서 딱히 아쉬운 것은 없었다. 병든 할머니에게 병원이 내어 준 소위 '식사'라는 것에서 쿰쿰한 물이나 엉겨 붙은 플라스틱 맛이 났다. 마치 사과는 아니나 사과를 흉내내는 돌연변이 또는 내가 병문안 가기 전후로 먹은 그 어떤 사과보다도 맛없고 입맛 떨어지는 이름뿐인 '사과'라고 할 수 있었다. 고등학생 때 어머니가 어느 의사가 쓴 칼럼을 읽고 내게 해 준 말이 떠올랐다. "채소 탈수기로 헹궈도" 껍질에 여전히 남아 있는 살충제 성분 때문에 비유기농 사과는 "먹을 가치가 없다"고 하셨다.

채소 탈수기 이야기가 내 뇌리에 각인─의사가 하필 채소 탈수기를 꼽은 건 그것이 사과 씻기의 정점이라고 생각해서인가?─되어 있었다. 그리고 나는 부엌 식탁에 앉아 완벽한 정도로 익은 유기농 바나나를 거의 다 먹어 가며 식료품점의 직원을 생각했다. 그는 대체 왜 그런 말을, 그러니까 너무나 자극적이고 불안을 유발하는, 게다가 아주 높은 가능성으로 사실에 부합하지 않는 말을 내게 했던 것일까?

바나나의 껍질을 네 갈래의 동일한 형태로 벗기고 마지막 한 입이 될 바나나 끝부분을 먹기 위해 껍질을 마저 벗기자 드러난 형태가 나를 기쁘게 했다. 바나나 과육에 붙은 실 같은 것도 없었고 크게 덜 익거나 더 익거나 하지도 않았다. '아마도 이것이 유기농 바나나를 사면 따라오는 이득이겠지'하고 조심스레 짐작했다. 따라서 살충제를 적게 뿌리면 껍질을 벗기는 것도 덜 수고스러워질 것이다.

나는 놀고 있는 손으로 마지막 한 입이 붙어 있는 과육의 꼬랑지를 잡아서 뜯어낸 다음 마지막 과육 한 덩이를 입에 쏙 던져 넣었다. 예상했던 것보다 훨씬 더 묵직한 양이었다. 나는 최대한 턱을 빠르게 움직이며 가볍게 호흡했고 노트북 옆으로 바나나 껍질을 치우기 전에 씹고 있던 바나나를 마저 삼켰다. 나머지는 씹다가 삼키고를 반복했다. 나는 무게 중심을 엉덩이 오른쪽으로 옮겼다가 왼쪽으로 옮기길 몇 번 반복했다. 앉은 자세가 편하도록 청바지의 가랑이를, 특히 성기 부분의 주름을 매만졌다. 구글 문서 도구가 뜨도록 화면을 조작하고 그 뒤엔 소설 파일을 열었다.

소설 작업을 할 생각을 하니 들뜨면서 또 고통스러웠다. 마치 뱃속에 작지만 둔중한 거품 하나가 있어서 나를 다그치듯 두드리는 것 같았다. 뭔가가 내 안에서 헤엄치고 있는 것 같았다. 이 기분은 바나나 먹기 전의 기분과 완전히 다르지는 않았다. 나는 바나나가 통째로 내 뱃속에 들어가 있는 상상을 하다가 번득 이 모든 상황을 정리해 주는 한 문장이 떠올랐다. 똥을 싸야 해.

나는 노트북을 두고 잠시 자리를 뜰 때면 항상 인터넷 창을 최소화했다. 혹시 바이올렛이 지나가다가 내 소설을 보진 않을까 하는 우려 때문이었다. 지금 그녀는 침실에서 자고 있기 때문에 그럴 가능성은 거의 없었다. 그럼에도 불구하고 나는 인터넷 창을 최소화한 뒤 바나나 껍질을 버리기 위해 살짝 우회했다가 화장실로 걸어갔다.

머리 위에서 불 켜진 전등과 환기팬이 돌아갔다. 변기 앞의 자그마한 러그 위에 서서 주머니에 손을 꽂았다. 휴대폰이 없다는 사실에 급소가 찔린 것처럼 잠시 얼 수밖에 없었다. '똥 싸야 하는데.' 허둥지둥 화장실을 빠져나와 부엌에 갔다. 그러나 휴대폰은 거기에 없었다.

"푸후" 하고 나는 생각했다. 어디서 마지막으로 썼더라? 부엌을 빠르게 훑어봤다. 어디 있지? 그냥 휴대폰 없이 싸도 되긴 했다. 오히려 없이 싸는 편이 나을 수도 있었다. 나는 화장실로 되돌아가다가 침실 앞에 멈춰 섰다. 아하!

우리 집 개를 보고 침실 안으로 걸어 들어가며, 잠시 바이올렛은 완전히 잊은 채로, 내가 녀석에게 지어준 가장 마음에 드는 별명을 입 밖으로 말해야겠다는 충동적인 욕망을 느꼈다. 녀석의 별명은 수년간 '버디'에서부터 전혀 연관성 없지만 '찬스타도'에 이르기까지 변천사를 거쳤다. 바이올렛은 침대에 옆으로 돌아누워 있었고, 딜런은 그녀의 오금 쪽에 웅크린 채 자리 잡고 있었다. 내가 침실로 들어가는 소리가 들리자 녀석은 고개를 빼꼼히 내밀어 보였다. "그냥 휴대폰 가지러 온 거야"라고 나는 속삭였다.

내 휴대폰은 액정이 심각하게 금 간 아이폰 5S로, 오늘 아침에는 쓴 적이 없었기 때문에 침대 협탁에서 햇빛을 받아 반짝이며 충전기에 꽂힌 상태로 놓여 있었다. 딜런이 "끙" 하는 소리를 냈는데 이건 녀석이 상습적으로 뽐내는 주특기로, 살짝 가래기가 돈 채신음과 한숨이 섞여 있는 소리였다. 그다음 녀석은 턱을 다시 바이올렛의 무릎에 괸 다음 잠에 빠져들었다. 그녀 역시 "끙" 소리를 낸 다음 오른손 등을 이마에 가져다 댔다. '마치 빅토리아 시대풍이군'이라고 생각했다.

"안녀어어엉." 나는 침대로 기어들어 가며 속삭였다.

"으음." 그녀가 이불을 덮어쓰며 소리 냈다. 그녀는 졸려 하며 손을 든 다음 내게 저리 가라고 손짓했다. 내게는 이 행동 역시 빅토리아 시대풍으로 다가왔다. 그래서인지 묘하게 매력적으로 느껴졌다. 나는 그녀의 이마와 팔에 뽀뽀를 몇 번 했다. "음. 으음. 으흠." 그녀가 내게서 멀어지려고 몸을 굴리며 이불을 목이 있는 곳까지 끌어당겼다. 나는 그녀의 얼굴에다 다시 뽀뽀하고는 이불을 상체에서 완전히 걷은 뒤 팔 전체에 뽀뽀했다.

"사랑해." 나는 그녀의 팔 위를 맴돌며 말했다.

"으으음." 그녀가 간절히 애원하듯 소리 냈다. 그녀는 몹시도 아름다웠다. 그녀는 나를 쫓아낸 다음 스스로를 이불로 꽁꽁 싸맸다.

딜런은 나를 올려다보며 꼬리를 흔들다가 누워서 기지개를 켰다. "안녕, 버디." 내가 속삭였다. "우리 착한 강아지." 내가 말하자 딜런이 하반신 전체를 들썩거렸다. 나는 손으로 기운차게 녀석의 머리와 몸통을 문질렀다.

"으음." 바이올렛이 짜증 섞인 신음을 냈다.

나는 딜런을 쳐다봤다. "아이, 착하다" 하고 녀석을 마지막으로 쓰다듬으며 윙크를 해 보였다. 나는 덩실덩실 춤을 추며 침대로 다시 간 다음 바이올렛의 뺨에 한 번 더 입맞춤했다. 휴대폰에서 충전 케이블을 뺀 뒤 화장실로 향했다.

티셔츠를 걷어 올리고 바지와 속옷을 무릎 근처까지 내린 뒤 변기에 앉았다. 방귀가 천둥소리를 내며 빠져나왔다. 목과 등을 구부정하게 숙이고 주머니에서 휴대폰을 꺼낸 뒤 밑부분에 있는 동그란 버튼을 눌렀다. 그리고 재빨리 비밀번호—내 생일이다—를 입력한 뒤 인스타그램을 켰다.

나를 가장 먼저 맞이한 게시물은 내 친구 매기가 기르는 개가 오븐 뒤에서 뭔가를 꺼낸 뒤 재빨리 먹는 영상이었다. 나는 스크롤을 내리면서 매너티의 사진을, 테이블 위에 올라가 있는 음식과 양초 사진을, 내가 아는 작가와 그녀의 딸들이 찍힌 사진을, 그리고 AthleanX.com이라는 홈페이지에서 나온 광고를 봤다.

나는 인스타그램을 트위터나 페이스북만큼 자주 확인했음에도 삭제해야겠다는 강박은 들지 않았다. 인스타그램은 나를 훨씬 덜 괴롭히는 느낌이 들었다. 아니, 사실 나는 인스타그램을 꽤 좋아했다. 종종 사진들이 머릿속에 떠올라 귀찮게 했지만 텍스트만큼 나를 현기증 나게 만드는 일은 없었다. 게시물에 붙어 있는 설명이나 댓글은 그저 보조적인 역할이어서 대부분의 경우 나는 읽지도 않고 그것을 지나쳤다.

트위터와 페이스북이 엉성한 주장을 펼치거나 서로 즉각적인 반응을 주고받으며 각자 최악의 모습만을 공유하는 텍스트 기반의 극장으로 변모해 갔다면, 인스타그램은 사람들이 그나마 덜 적극적으로 품위를 잃는 공간으로 남아 있었다. 자신의 소탈한 일상 사진 또는—대부분 사람들은 처참하게 실패한 데다 그 실패가 무엇을 의미하는지 조금의 이해도 하지 못했지만—아름다움을 공유하려고 했으니까.

실제로 따져 봤을 때 인스타그램이 창출해 낸 것은 아름다움은커녕 소탈함도 아니었고, 그저 또 다른 거짓말일 뿐이었다. 간략하게 따져 보자면 인스타그램은 허영심이었고, 트위터는 오만함이었다. 트위터는 모두를 죽이고 나서 자기 자신도 죽을 것이지만 인스타그램은 점점 소멸하다가 떠밀리듯 공허 속으로 천천히 사라질 것이었다.

물론 인스타그램에도 동굴 속에 사는 원시인—트위터를 점령한 자와 똑같은 자—이 즐비하긴 했다. 트위터에서는 어딜 보나 추한 그자들이 균형 잡히지 않은 신체 사진이나 불평하는 영상 또는 슬픈 음악을 올렸다. 최근 업데이트로 생겨난 텍스트 상자에 힘입어 활개 치며 거부감을 불러일으켰다. 트위터상에서 그들의 목적은 체제를 전복하거나 강화하고 심지어는 뭔가를 성명하는 것이었으나 다행히도 인스타그램에서는 그 모든 사단을 피할 수 있었다. 트위터에서는 내가 팔로우 하는 사람뿐 아니라 내가 팔로우 하는 사람들이 단 답글, 좋아요, 리트윗, 그리고 '광고가 붙은' 트윗들—광고들—까지 볼 수밖에 없었는데, 기본적으로 콘텐츠를 통해 내가 웹사이트에서 더 많은 시간을 보내고 사람들과 더 많이 교류하게끔 유인하는 책략이었다. 그러나 인스타그램에서는 내가 동의도 하지 않았는데 팔로우 하지 않는 이들의 게시물을 등 떠밀려 보게 되는 일 따위는 없었다. 광고를 제외하고 팔로우 한 사람들의 게시물만 볼 수 있었다. 내가 탐색 버튼을 누르지 않는 한 그랬다.

변기에 앉은 채로 인스타그램에 5초 정도 접속해 있었을까, 인스타그램을 껐다. 그다음 다시 바로 켰다. 엄지로 스크롤을 내리다가 가볍게 화면을 두드리면서 스크롤을 멈춰 세워 사진들을 들여다봤다. 내가 한 번도 만난 적 없는 작가, 일본식으로 보이는 불길한 구조물, 친구가 그린 그림, 콩 통조림과 식빵, 계란과 빵가루를 입혀 튀긴 생선처럼 보이는 뭔가가 담긴 접시까지. 내 휴대폰 밑의 원형 버튼을 두 번 눌러 위쪽으로 빠르게 엄지손가락을 스와이핑 해 인스타그램은 물론이고 열려 있던 다른 앱들을 모두 종료시켰다. 사파리, 트위터, 아이 메시지, 애플 뮤직, 그리고 지메일. 사파리 아이콘—파란 원 안에 하얀색 줄무늬가 빙 두르며 쳐져 있고, 반은 빨갛고 반은 하얀 막대가 마치 나침반처럼 놓여 있었다—을 클릭해 인터넷 창을 휴대폰에 띄웠는데, 노트북으로 보는 것과는 아주 달라 보였다. 모바일 환경의 사파리 레이아웃은 크게 두 줄로 되어 있었다. 위쪽에는 분류되지 않은 링크들, 예컨대 애플 웹사이트나 빙, 구글, 야후의 서치 엔진이 있었고, 아래쪽에는 자주 방문한 웹사이트들, 즉 트위터와 페이스북 아이콘이 있었다.

트위터에 들어갔다가 다시 원형 홈 버튼을 두 번 눌렀고 위로 스와이핑 해 모든 앱을 종료시켰다. 그리고 곧바로 인터넷을 다시 켠 뒤 페이스북에 들어갔다. 알림 버튼을 눌렀다가 아무런 알림이 없는 것을 확인하고는 홈 버튼을 두 번 누른 뒤 또 위로 스와이핑 했다. 내 행동에는 의식이 거의 깃들어 있지 않았다. 마치 실험실의 쥐처럼 자극에 반응할 뿐이었다.

인스타그램을 눌렀다.

애초에 얼마나 마려운 느낌이 들든 뭔가가 나오려면 몇 분씩 걸리곤 해서 변기에서 줄곧 휴대폰을 봤다. 한번 지나고 나면 똥이 자유롭게 흘러나오는 어떤 물리적 임계점이 있는 듯했지만 그 지점을 넘기기 전까지 나는 계속 가볍게 힘을 주고 있어야 하는 형벌에 놓였다. 그렇게 첫 번째 덩이만을 내보내기 위해 애쓰며 이후로는 만족스러운 장운동이 일어나길 바랐다. 이전에도 화장실에 들렀으나 진정한 성공을 거두지는 못했다. 소설 쓰기와 마찬가지로 거사를 잘 치르기 위해서는 카페인이 필요했던 탓이었다.

만약 힘을 너무 준다면 뭔가가 "팍" 하고 터지거나 "툭" 하고 끊어질 것 같다는 직감적 공포가 내게는 있었다. 그건 경험에 기반한 것이 아니라 상상에 의해 생겨난 것이지만 나는 그 일이 실제로 벌어질 가능성에 대해 의심해 본 적이 없었다. 그러므로 오늘 아침에도 힘을 딱 적당한 정도로, 그다지 강하게도 길게도 주지 않았다. 힘을 적당한 만큼 주는 데 집중한 나머지 잔뜩 찌푸려진 얼굴로 위를 올려다봤다가 오른쪽으로 고개를 돌리니 시야의 가장자리에 파란색 타올이 걸려 있는 것이 반경에 들어왔다. 긴장된 근육을 이완하자 초점이 완전하게 맞춰지면서 휴대폰이 눈에 들어왔다.

나는 뉴욕에 사는 한 시인이 올린 "내일 하실라우?"라고 적혀 있고 해골이 캔맥주와 담배를 들고 있는 사진을 지나쳤다. 그리고 "줄라이 베이비"라고 적혀 있고 하늘색 로프로 만들어진 펜스를 배경으로, 클리블랜드 출신의 사진가인 내 친구의 친구가 햇빛 차단용 모자를 쓰고 있는 사진을 지나쳤다. 그리고 "새로운 정치의 모습을 상상하며 책을 한 권 냈습니다. 애매한 무기로서의 '사랑'과 불안이 좋은 이유를 다뤘습니다. 바이오에 있는 링크를 타고 들어가세요(1.25달러)"라고 캡션이 적혀 있고 내가 10년 전에 만난 원래는 아역 배우였다가 작가였다가 지금은 사회주의 운동가가 된 사람이 낸 책의 사진을 지나쳤다. 그리고 "어떤 매니큐어는 찬양해야 마땅함!"이라고 캡션이 적혀 있고 옛날에는 쿨했던 한 미디어 회사의 창립자가 올린 와인 잔을 쥐고 있는 손 사진을 지나쳤다.

나는 엄지를 아래로 스와이핑 하며 피드의 가장

꼭대기로 빠르게 스크롤 해 올라갔다. 미친 사람처럼 스와이핑을 하느라 꼭대기에 이미 닿았는데도 실수로 엄지를 몇 번 더 움직여 버렸는데, 그 탓에 최상단의 게시물이 밑으로 끌어당겨져 빙글빙글 도는 '새로고침' 아이콘이 화면 위로 나타났다.

내가 스와이핑을 멈추자 새로고침 아이콘 밑으로 내가 팔로우 하는 사람들의 유저 네임이 나타났고, 그것들을 클릭하면 그들의 '스토리'를 볼 수 있었다.

인스타그램 스토리는 내가 인스타그램에서 제일 좋아하는 요소였다. 스냅챗—나는 두 번이나 계정을 만들었지만, 결국에는 사용하지 않았다—을 느슨하게 본떠 만든 인스타그램 스토리 기능은 사용자가 사진이나 짧은 동영상을 일반 게시물과는 다른 아카이브에 올릴 수 있게 하는 기능이었다. 그렇게 게시된 스토리는 오직 24시간 동안만 열람할 수 있었는데, 수동으로 멈추기 전까지는 정해진 시간 동안만 재생되었다(사진은 10초, 비디오는 최대 15초). 나는 스토리가 사라진다는 게 마음에 들었다. 게시물은 지우지 않는 한 여태 올린 게시물과 어우러져 트위터, 페이스북, 그리고 인스타그램의 메인 프로필 페이지에 일종의 큐레이션처럼 전시되었던 반면, 인스타그램 스토리는 영원성이 가져오는 부담으로부터 사람들을 해방해 주었다. 나는 때때로 메인 페이지에 올라가기엔 부족하지만—영구적인 사진 옆에 올라가 있으면 못생겨 보이는 것, 페이지의 전반적인 스타일과는 일맥상통하지 않는 것 또는 약간은 창피하고 모욕적인 것,

그것도 아니면 공개 아카이빙에 포함하기에는 아무튼 부적절한 것—그럼에도 불구하고 게시물을 올리고 싶을 때가 있었다. 인스타그램 스토리는 더욱더 주변부로 밀려난 콘텐츠를 위한 공간을 만들면서 그런 콘텐츠를 올릴 때 느끼곤 했던 불안감을 완화시켰다. 스토리는 내 팔로워의 팔분의 일 정도만 정기적으로 보기 때문이었다.

변기에 앉아 살짝 힘을 줬다가 풀기를 반복하면서 내가 아는 작가의 프로필을 누른 뒤 그녀의 스토리를 보기 시작했다. "여전히 인원 모집 중입니다. 지금 바로 등록하세요"라고 빨간 글씨로 적혀 있는 이탈리아에서 열리는 워크숍의 홍보용 전단을, 먹음직스러워 보이는 음식이 잔뜩 늘어선 테이블 옆으로 깡마른 여인이 유혹적인 포즈로 자세를 취하고 있는 사진을, 그리고 조금 전 워크숍 주최 측의 인스타그램 계정이 올린 홍보용 전단 사진을(나는 다음 사용자가 올린 게시물을 보기 위해 화면의 오른쪽을 눌렀다), 스프린트 모바일 사의 광고를, "죽음에 가까운 공포"라는 텍스트 옆으로 하단부에 "대학원 가기 vs 놀기"라는 텍스트가 채워진 원형 픽토그램의 다지선다형

테스트 이미지를, 거대한 해바라기 꽃 옆에서 찍은 누군가의 셀피를, 꽃잎 위로 흘러내리는 물방울을 찍은 영상을, 내가 '슈게이징' 장르라고 여긴 음악을 재생 중인 카세트 플레이어의 영상을, 판자 지붕 위를 걸어가는 발을 찍다가 세로로 카메라를 회전시켜 눈앞에 펼쳐진 초록빛 들판을 찍은 영상을 넘겨 봤다.

나는 올라온 스토리들을 제대로 보지도 않고 오직 얼핏 보이는 얼굴이나 사물, 색깔들만 인식하며 광적으로 여러 번 눌러 넘겼다. 나는 휴대폰의 홈 버튼을 두 번 눌러서 위로 스와이핑 해 모든 앱을 종료시켰다. 나는 변기 위에 앉아 오른쪽 엉덩이로, 그다음에는 왼쪽 엉덩이로 체중을 실었다가 이내 중심을 찾아 다시 힘을 줬다. 지메일을 열어서 리에게 이메일—"또다시 똥 싸는 중"—을 보내고는 홈 버튼을 두 번 눌러 위로 스와이핑 한 뒤 지메일을 종료시켰다.

터무니없는 말이지만 내 턱이 벌어지면서 먼 미래에 전쟁 때문에 이가 다 빠지고 틀니를 입에 끼우는 모습을 상상했던 게 떠올랐다. 미약하게 진동하며 떠오른 거짓된 미래의 기억은 인스타그램을 미친 사람처럼 이용했던 조금 전의 순간과 벌어지던 내 턱의 움직임이 결합한 것이었다. 코로 숨을 내뿜으며 마지막으로 남아 있던 긴장의 끈을 놓자 똥이 변기 속으로 떨어지기 시작했다.

나는 우아한 동작으로 휴대폰을 발치의 러그 위에 내려놓았다. 살짝 힘을 줘 봤지만 거사는 대강 끝난 것 같았다. 나는 눈을 감고 갑자기 바이올렛에 빙의했다. 그녀가 잠에서 깨어나 변기 위에서 힘을 주느라 냈던 나의 형편없는 신음을 듣고서는 약간의 실망과 함께 한탄하고 있지는 않은지 상상했다.

이 정도면 아직은 평범한 배변 행위였다. 최고의 배변은 언제나 설사와는 한 끗 차이밖에 없었는데, 둘의 가장 근본적인 차이—물론 느낌(설사는 난폭하게 배출되는 한편, 최고의 배변은 매끄럽게 장을 비워 냈고 두 경우 모두 변기에 앉아서 기다릴 필요도 힘을 줄 필요도 없었다)을 제외한다면—는 닦는 것에 있었다. 설사의 경우라면 닦는 것부터 고통스러울 뿐만 아니라 거의 영원에 가까울 지경까지 닦아 내면서 믿을 수 없을 만큼 많은 휴지를 사용해야 했다. 반면 최고의 배변은 처음이자 마지막으로 한 번만 닦아 내면 되는, 내가 그토록 염원하던 '한 번 닦으면 끝'인 상황이었다. 물론 한 번 닦으면 끝인 것 같은 상황에서도 나는 항상 재확인했기 때문에 진정한 의미의 '한 번 닦으면 끝'인 상황은 아니었지만 그 만족감이라는 것은 실제로 닦은 횟수가 아니라 닦는 행위자의 인지에서 비롯되었다. 여기서 그 인지란 근본적으로 뭔가를 닦아 낸다는 노력이 더러운 상태를 암시함에도 불구하고 그 행위의 주체가 깨끗하다고 믿는 것이었다.

만약 느낌 또는 감각이 존재하는 이유가 어떤 활동의 상대적 가치를 우리에게 알려 주기 위함이라면, 처음 닦았을 때 깨끗하다는 사실은 분명 좋은 쪽에 속하리라. 일단 느낌이 좋으니까. 그리고 한 번 닦고 끝인 상황은 잠깐 느낌이 좋았다가 서서히 감소한다거나 혹은 한 번 더 하고 싶어지는 다른 행위들과는 다르게 기분 좋은 느낌이 하루 종일 지속되었다. 나는 한동안 한 번 닦고 끝인 그 상황이 내 건강한 식습관에서 비롯된 것이라고 착각했지만 그렇다고 해서 스스로를 책망하지는 않았다. 건강하면 건강할수록 처음 닦았을 때 깨끗하다고 믿었으나 시간이 지나면서 축적된 경험에 따라 사실이 아님이 판명되었다. 예컨대 때로는 피자 한 판을 다 먹거나 아이스크림 한 통을 다 먹고 나서도 처음 닦았을 때 깨끗했던 적이 몇 번 있었기 때문이다. 이에 따라 내가 내리는 판단에 대한 신뢰를 한층 더 잃게 되었다. 직관적으로 명백하거나 특별히 느낌이 좋더라도 무엇이 어떤 현상을 일으키는지 불분명했다.

　　학습된 것이나 새로운 경험이 모두 그렇듯, 그것들을 내가 온전히 소화해 세상을 바라보는 방식에 적용하려면 시간이 길렀다. 기름진 탄수화물이나 민망할 정도로 당을 많이 먹고 난 날에도 신의 은총과도 같은, 한 번 닦으면 끝인 변을 보면 나는 무척이나 의심스러워했다. 건강하게 먹고서 훌륭한 똥을 눌 때마다 의심은 배가 될 뿐이었다. 그러다가 의심이 더는 무시할 수 없는 분기점에 도달하고 말았다. 3일간 뉴욕에 머무르면서 말 그대로 허무주의자처럼 먹었던 적이 있는데, 그때 내가 먹었던 것이 피자, 감자튀김, 빵, 고기, 아이스크림밖에 없었음에도 더할 나위 없이 깨끗하게 똥을 눴기 때문이다. 지저분한 흔적이 조금도 남지 않았다. 이 일은 내게 불미스러운 깜짝 선물 같았다. 스스로를 어찌하면 좋을지 알 수가 없었다. 물론 경험과 인생관 사이의 미약한 인지부조화는 늘 있었지만—나는 일상 속의 어떤 사소한 일례들은 예외로 넘길 수 있어도 이 일만큼은 도저히 무시할 수가 없었다—이번 경우는 상황을 훨씬 더 극명하게 드러냈다. 언제나 예외가 있다는 것을 애초부터 내가 몰랐더라면, 어떤 상황을 일부러 못 본 체하거나 주의를 기울이지 않기로 했더라면, 이 모든 혼란을 무지한 상태로 무난하게 넘어갔을 것이다. 3일간 뉴욕에서 머물던 그 시기는 똥에 대한 나의 예측을 산산이 조각내어 오랜 시간 나를 오히려 반대의 경우에, 즉 건강하지 않게 먹으면 먹을수록 깨끗하게 똥을 쌀 수 있다는 생각에 완전히 매몰되게 했다. 그러나 비교적 오래 가지 않아 그런 나의 믿음 역시 이전의 것과 마찬가지로 터무니없다는 것을 실감했다.

진실은 그동안 내가 인정하고 싶지 않아 했던 제3의 지대에 놓여 있었다. 어쩌면 처음 닦자마자 휴지가 깨끗한 변이라는 것은 식단과 그 어떤 관련도 없을지 몰랐다.

내 장 움직임에 영향을 미치는 것은 음식이라는 단일한 요소 외에도—염증 유무니 쓸개, 간 같은 소화기관의 건강 상태 또는 먹은 음식의 **색깔**, 암의 유무

등—훨씬 많을 수 있었다. 그리고 이런 관점은 내게 돌파구와도 같았다. 물론 확실성은 줄어들긴 하지만 적어도 올바른 질문을 던지고 더 겸손한 자세로 답을 향해 나아갈 수 있었으니까.

그러나 궁극적으로 처음 닦았을 때부터 휴지가 깨끗한 똥은 어째서 그렇게 닦였고 그것이 무엇을 의미하는 지와는 다 상관없이 만족스러운 것이다.

욕조의 수도꼭지로부터 물방울이 약 1초 간격으로 떨어지며 튀는 소리가 들렸다. "픽, 팍, 픽, 팍" 하는 그 소리는 의식하고 있자면 나를 미칠 지경으로 몰고 가면서 점점 더 혼란스럽게 만들었다. 나는 변기에서 일어서고 싶었다. 집주인에게 전화를 걸거나 문자를 보낸다면 그가 기꺼운 마음으로 사람을 불러 문제를 해결해 주겠지만 그 때문에 발생하는 사람과의 교류—얼마나 간결하고 비교적 덜 고통스럽건 간에—를 일단 원치 않았기 때문에 거의 한 달 동안 지속된 누수 현상을 속수무책으로 내버려 두고 있었다. '이 문제에 대한 또 다른 해결책은 똥을 싸지 않는 거야'라고 나는 생각했다. 물방울이 "똑, 똑" 하고 떨어지는 소리는 앞으로 벌어질지도 모를 사회생활을 떠올리게 해서 회피적이고 태만하다는 나의 약점을 드러냈다. 나는 최대한 빨리 화장실을 뜨고 싶었다.

"푸후." 조용히 한숨을 쉰 다음 바닥에서 휴대폰을 집어 들었다. 인스타그램과 트위터를 켰다가 끄길 반복했다. 길가에서 놀던 아이들이 소리를 질렀다. 휴대폰을 들여다봤다. 클릭할 만한 게 아무것도 없었다. 클릭할 만한 뭔가가 있길 바랐다. 기억나지 않는 뭔가를 기억해 내려 애쓰는 것 같은 기분이 들었다.

나는 트위터를 켠 뒤 검색 창을 열어 "조던 카스트로"를 입력했다. 조던 카스트로의 트위터를 자주 살펴봤지만 팔로우는 하지 않고 있었다. 그건 다른 사람들에게 내가 왜 그를 팔로우 하는지 설명하고 싶지 않았기 때문이었다. 이는 트위터에서 벌어지는 교차 오염의 오웰적인Orwellian 부산물이다. 신비한 알고리즘에 힘입어 사용자들이 팔로우 하는 다른 유저들과 팔로우 하지 않는 또 다른 사용자들 사이에서 벌어지는 교류를 볼 수 있었다. 뿐만 아니라 이 기능은 유저에게 새로운 콘텐츠를 공급하고, 일종의 파놉티콘처럼 유저 스스로 커뮤니티를 감시하게끔 만드는 보조적인 역할도 수행했다. 즉 내가 어떤 종류의 트윗에는 좋아요를 누르지 못하도록 억제하거나 특정한 사람들—예컨대 조던 카스트로—을 팔로우 하지 않게 해 주었다는 것이다.

조던 카스트로를 좋아하지 않는 사람들과 내가 여태껏 나눴던 대화들은 하나같이 실망적이면서도 비생산적이었다. 내게 질문을 던지는 사람들은 대체로 처음부터 시비조를 띄고 있거나 회의적인 태도를 취하고 있었다. 예컨대 그들은 모든 것을 불신하며 그가 말했거나 썼다고 생각한 내용을 기반으로 눈꼴 사나울 정도의 오해를 계속 쌓아갔다. 그의 작업물에 진정으로 연결된 적도 없는 주제에 확실한 언어로 자신의 의견과 생각을 제대로 표현하지 않고 상투적인 과장법만을 이용해 말한다는 점이 가장 짜증났다. 나는 조던 카스트로를 싫어하는 편협한 멍청이들과 가망 없는 대화를 나누느라 시간을 더 이상 낭비하고 싶지 않았다. 그래서 그를 트위터에서 팔로우 하지 않았다.

게다가 나는 그의 트윗 때문에 정신이 산만해지는 것도 마음에 들지 않았다. 그의 트윗은 너무 재미 있었다. 내가 팔로우 하는 사람들이 트윗 한 내용을 읽는 것만으로도 충분히 정신은 혼탁해지고 텅 비게 되어 트위터에서 시간을 낭비하고 마는데, 조던 카스트로까지 팔로우 한다면 남아나는 시간이 없을 것이었다. 그는 하루에 두세 번꼴로 트윗을 날렸다. 때로는 이해하려면 정독해야 하는 분량을 가진 긴 기사의 링크나 읽고 나면 한 시간 정도는 할애해 생각할 수밖에 없는 너무나 흥미롭고 이상한 내용을 트윗 했다. 가끔은 자신의 사진—그는 아름다웠다—을 올리기도 했다. 따라서 결과적으로 나는 뭔가를 학습하거나 생각하고 또는 감탄하는 데 시간을 쓴 셈이지만 한편으로는 정작 내가 해야 하는 일, 즉 소설 집필 작업에는 시간을 쓰지 못했다.

나는 조던 카스트로의 트위터 프로필을 클릭했다. 그의 배경 사진은 다리가 구부러진 지저분한 거위 세 마리가 포장도로 위에 있는 모습을 담은 것이었는데, 마치 실수로 올린 것처럼 보였다. 그의 프로필 사진은 뮤지션인 러셀 브릴Russel Brill이 처음이자 마지막으로 갤러리에서 전시한 그림이었다. 내가 나중에 두 사람의 합동 인터뷰에서 알게 된 바로, 그 그림의 제목은 기억나는 대로 15분 만에 그린 고전 회화―고야의 아들을 잡아먹는 사투르누스를 따라 그렸다―였다.

나는 변기 위에 앉은 엉덩이의 균형을 맞추다가 무엇에 관한 것이든 읽거나 생각하는 데 흥미를 완전히 잃어버렸다는 것을 깨달았다. 뭔가를 생각해야 한다는 생각 자체에 미리 기력이 소진되었다. 소설을 위해서 에너지를 아껴야 했다. 나는 휴대폰의 홈 버튼을 두 번 누른 뒤 위로 스와이핑 해 트위터를 종료했다. 약간이지만 얼굴의 감각이 멍하게 느껴졌고, 오른쪽 다리가 저릿했다. 마치 불안증이 있는 사람 또는 아이처럼 발꿈치를 위아래로 움직이며 다리를 몇 번 튕겼다. 마치 미세한 바늘이 내 종아리와 발을 찌르는 것처럼 느껴졌다. 나도 모르게 방귀가 나와 그 소리에 깜짝 놀라고 말았다.

'하루가 시작된 지 얼마 지나지 않았어. 아직 상황을 되돌리기란 가능해'라고 나는 명확한 문장을 속으로 생각하며 스스로와 대화했다. 그 생각은 훨씬 더 유기적이어서 마치 색깔처럼 분명하게 와닿았다. 똥을 다 싸면 부엌으로 되돌아가 부지런하게 소설 집필 작업을 시작하리라. 나는 오른쪽 다리를 위아래로 흔들었다. 나는 아주 훌륭한 소설을 쓸 것이다. 아주 작살내 버릴 것이다. 만약 매분 매시, 날마다 열심히 쓴다면 마음에 드는 소설을 쓸 수 있을지도 몰랐다. 어쩌면 내가 자랑스럽게 여길 소설이 써질지도 몰랐다. 내겐 선택을 통해 삶을 바꿀 능력이 있었다. 이 통찰은 마치 조금 전에 일어난 일의 기억처럼 찾아왔다. 놀라움과 환희를 느꼈다. 참으로 믿기지 않을 정도로 훌륭한 사실이었다. 나는 얼른 똥을 다 싸고, 닦은 뒤, 손을 씻고, 부엌으로 가서, 노트북 앞에 앉은 다음, 소설을 쓸 것이었다.

　　나는 휴대폰으로 노트 앱을 켠 다음 새 노트를 열었다. "–"라고 쓴 뒤 잠시 멈췄다. "소설 두 시간 쓰기" 나는 엔터 키를 누른 다음 또 "–"라고 적은 뒤 멈췄다. "이메일 답장하기"라고 썼다. 나의 무한한 실행 능력을 뒷받침하던 열정이 곧바로 사라졌다. 나는 실제로 노트북 앞에 앉아 있는 내 모습을 상상했다. 그러자 의지라고 불리는 익숙하고도 소심한 짐승과 단둘이 남겨진 기분이 들었다. 낙담한 채 엔터 키를 다시 누르고 "–"를 입력했지만 다음에 무엇을 타이핑할지는 알 수가 없었다.

해야 할 일 리스트를 쳐다봤다.

- 소설 두 시간 쓰기
- 이메일 답장하기
-

출근하던 시절에 밤이 되면 나는 해야 할 일 리스트를 적은 뒤 아침에 일어나 로봇처럼 그 일들을 처리했다. 쉬는 날에는 소설 집필 외에는 별다른 할 일이 없었기 때문에 리스트 작성은 영혼 없는 허사로 느껴졌다. 내가 자주 집필 활동을 벼락치기처럼 절박하게 진행했기 때문이다. 오늘 나의 하루는 끔찍할 만큼 엉망이었다. 마치 몇 분 동안이나 끊이지 않는 한 줄기 비명을 계속해서 듣고 있는 듯한 기분이었다. '소설을 쓸 수 없겠다는 사실을 받아들여야 할지도 몰라'라고 나는 생각했다. 오늘 하루를 바이올렛과 보내는 것도 가능했다. 그녀가 가고 싶어 했던 곳에 같이 간다든가…….

바이올렛은 박물관이나 사적지, 공원, 공동묘지,

저택 등 이런저런 장소에 가는 것을 좋아했던 반면 나는 밖에 나가는 것을 좋아하지 않았다. 마음을 다잡은 후 오늘 하루는 돌이킬 수 없을 정도로 첫 단추부터 잘못 끼웠음을 인정하는 편이 나을 수도 있었다. 그런 날은 우리의 관계에 집중해도 될 것이다. 긴장 때문에 어깨와 목이 굳기 시작했다. 긴장을 풀었다.

'릴랙스해' 하고 나는 천천히 생각했다. '리이일래애애애애액액스으으으해.'

고요한 상태에서 최근 나와 바이올렛이 함께 어딘가로 갔던 경험을 떠올렸다. 그때 그녀는 다른 소장품을 비롯해 세계 최다 규모로 파베르제의 달걀을 전시 중이던 저택에 나를 데려갔다. 나는 가고 싶지 않았는데, 저택은 물론이고 파베르제의 달걀뿐 아니라 어딘가에 가는 것 자체에 아무런 흥미가 없었기 때문—나는 하루 종일 소설을 집필할 계획이었다—이었다. 하지만 우리가 함께 재미난 활동을 한 지도 꽤 되었고 데이트하기로 약속했기 때문에 그곳에 함께 가기로 했다.

도착했을 때 나는 그 저택 안에 노인이 바글거린다는 것에 깜짝 놀랐다. 그들 중 대부분은 체격이 컸음에도 노출이 심하고 우아하지 못한 복장을 하고 있었다. 마치 양로원에 있던 노인들을 모두 버스에 태운 뒤 저택에 다 떨구어 놓은 듯했다. 그들은 모두 길을 잃은 듯 서성이고 있었다. 눈치를 살펴보니 투어 가이드를 기다리고 있는 듯했다. 바이올렛과 나 역시 투어 가이드를 따라갈까 고려했지만 기다리지 않기로 하고는 기다란 복도를 끝도 없이 걸어 다니며 금색, 은색 물체들과 거대한 가구들이 대충 진열된 방을 드나들었다. 나는 누군가가 이런 방이나 사물에 진정으로 애정을 쏟는다는 사실을 믿기 어려웠다. 바이올렛과 미로 같은 복도를 걸어 다니며 겉만 번지르르한 사물을 살펴보고자 이따금 멈춰 설 때마다 이곳을 한시라도 빨리 떠나고 싶다는 욕망만을 느꼈다. 바이올렛이 나를 바라볼 때마다 나는 미소를 지어 보였지만, 억지 미소를 짓고 있다는 게 빤히 보였을 것이다. 그녀가 나를 보면 내 입은 깜짝 놀란 기색을 숨기느라 황급히 입꼬리를 올렸고, 눈은 둥그레졌으며, 광대는 뻣뻣하게 굳어 버렸다.

'내가 좋아하는 활동은 뭐지?' 바이올렛과 나의 망한 데이트를 고통스럽게 떠올리며 변기에 앉은 채 막연하게 생각했다. 뭔가를 하는 게 그렇게 중요하단 말인가? 방어 기제 때문에 내 마음이 여기저기 흩어지고 조각나는 것이 느껴졌다. 즉시 압도된 기분이 들었다가 곧바로 멍해졌다. 지금 내게 스멀스멀 찾아오고 있는 이런 해로운 생각들을 무찔러 줄 만한 다른 것들을 이렇게 화장실에 앉은 채로는 떠올릴 수 없다고 실감했다. 주의를 돌리려 내 소설을 생각하다가 실수로 근심거리를 다시 떠올리고 말았다. 예전에 읽었던 책인 『존재의 미학Vom Haben zum Sein』이 기억난 것이었다. 이 책은 '소설의 시학과 실존주의 철학'에 관한 것이었는데, 저자는 한스 크리스티안 안데르센 Hans Christian Andersen의 소설에 대해 키르케고르Søren Kierkegaard가 저술한 내용을 다뤘다. 키르케고르는 안데르센을 두고 "진정한 소설가"가 아니라 비판했다고 말이다. 키르케고르에게 있어 중요한 것은 소설 속에 '삶에 대한 시선'이 담겨 있는가였다. "삶에는 정말 의미가 있는가?"라는 질문은 끝도 없이 퍼져 나가다가 결국에는 주제도 잠식시키고 답도 내지 못했다. 반면에 "내가 어떻게 하면 의미 있는 삶을 살 수 있을까?"와 같은 질문은 모든 것을 지배하는 현실에 대한 적극적 참여를 암시했다. 삶에 관한 진실은 어떤 개념이 아니라 삶의 모든 생애 주기에 역동적으로 임하는 자세, 즉 하루하루를 살아가는 인간성에 가까운 것이었다. 잘못된 질문을 던지다 보면, 결국에 시들시들한 삶으로 향하는 여러 갈래의 구불구불한 길로 접어들 수밖에 없었다. 잘못된 질문은 소설이 삶에 출혈을 유발하고, 동시에 삶이 소설에 출혈을 유발하도록 만드는 것이었다. 그것은 소설을 분절된 시적 분위기로 이뤄진 미지근한 수프나 다름없는 것으로 만들었다. 잘못된 질문은 뭔가를 낳기보다는 소모했다. 나는 지난 몇 년간 두려움으로 인해 무의식 중에 이런 질문들에 갇혀 있기로 선택하지는 않았는지 의심했다. 삶 또는 모든 것을 통합하는 일생의 과업을 향해 적극적으로 향하지 않는다면, 내 삶은 물론이고 앞으로 한 발짝 더 나아가는 책무로부터 스스로를 도피시키는 것일지도 모른다고 말이다. 모니터 앞에 쪼그려 앉아 생각에 잠긴 채 소설 이외의 모든 것으로부터는 도피하면서, 뭔가 독특하고 중요한 일에 몰두하고 있다고 합리화하면서……. 실제로는 흔하디흔한 비겁자인데 말이다.

나는 '소설가……'를 생각하며 떠오른 이런 생각들을 내 마음 상태와 일치시키려고 애쓰다가 거의 감각이 느껴지지 않을 지경으로 발이 저리다는 것을 깨달아 발가락을 꼼지락꼼지락 움직였다.

한 가지 기뻤던 것은 똥을 다 쌌다는 점이었다. 어떻게 그랬는지는 모르겠지만 끝났다는 것을 알았다. 변기에 앉아 있었다는 것을 잊고 있었는데 말이다. 나는 발치에 휴대폰을 내려놓은 뒤 상체를 비틀어 변기 뒤편의 수조 위에 올려져 있던 휴지를 가져왔고, 네다섯 칸 정도를 풀어 점선을 따라 떼어 냈다. 상체를 다시 돌려 수조 위에 휴지를 올려 둔 뒤 떼어 낸 것을 접었다.

내가 접은 꽤 건조한 휴지를 만지작거리고 있자니 허공에 작은 먼지 조각들이 떠다니는 것 같았다. 화장지는 세븐일레븐에서 산 네 개 들이 세트였는데, 내가 가장 좋아하지는 않는, 아니 사실은 혐오하는 브랜드의 제품이었다. 늦은 밤에 다른 가게들이 다 문을 닫았을 때나 대량으로 한꺼번에 구매할 돈이 없을 때 같이 필요시에만 구입하곤 했다. 이 과정은 영구적으로 반복되는 듯했다. 소량으로 생필품을 사면 더 자주 소진될 수밖에 없기 때문이다. 그런데 하필 늦은 밤에 소진되고 말았다.

이 열등한 휴지는 내가 힘을 가하면 작은 섬유 조각들이 털에 끼어 찢어지게끔 만들어져 있었다. 휴지가 뚫릴 정도로 찢어지는 일은 없었지만(유년 시절에 이런 일이 한 번 일어나 트라우마를 안겨 줬다. 학교에서 일어난 그 사고 이후로 며칠 동안이나 나는 내 손에서 남들이 알아차릴 정도로 냄새가 난다는 생각에 사로잡혀 있었다. 그래서 꾀병을 부린 뒤 수업에 빠졌다가 공황 발작이 와서 집에서 며칠간 요양했다. 마침내 학교로 돌아갔을 때는 주머니 깊숙이 손을 찔러 넣고 땅바닥만 내려다보면서 다녔는데, 결국 이 상태가 사춘기 시절 내내 이어졌다. 겨우 싸구려 휴지하나 때문에. 트라우마가 끼친 가장 큰 영향은 내가그 시절 이후 평생 각별한 주의를 기울이며 똥을 닦는 사람이 되었다는 점일 것이다) 그럼에도 불구하고 휴지가 해지기는 마찬가지여서 내 엉덩이 골에 보풀같은 하얀색 조각들을 남겼다.

그래서 나는 닦아 낼 때면 힘을 적당량 쓰는 데 신경을 썼다. 앞에서 뒤로 향하는 방향으로 닦아 내기 위해 몸을 앞으로 숙이면 두 다리가 가늘게 떨렸다. 종아리는 변기 시트의 동그란 끄트머리에 밀착했고, 허벅지 뒤편의 신경 말단 부위가 보내는 떨림은 다리와 팔을 거쳐 종국에는 내 얼굴까지 가볍게 가닿았다. 온몸이 1, 2초간 미세하게 떨렸다. 나는 휴지를 확인했다.

깨끗했다!

하지만 여전히 한 번 더 확인하고 싶었다. 휴지 몇 칸을 더 뜯을 준비를 하다가 휴지가 너무나 작다는 사실이 새삼스러우면서도 불만족스러웠다. 휴지한 칸의 두께 때문에 자꾸 다른 휴지를 사게 되는 것일까? 면적을 줄이는 대신 두 겹짜리라고 휴지를 홍보한다면 확실히 판매량이 늘어날 터였다. 휴지를 사면서 나는 세븐일레븐의 사악한 함정에 빠진 것일지도 몰랐다…….

나는 점선으로 구분된 휴지의 칸을 더 뜯고는 접기 시작했다. 편의점에서 파는 모든 상품의 가치는 질이나 양에 의해 결정되지 않고 편리함에 의해 결정되었다. 구강 청결제 작은 병의 가격은 3.49달러였고, 세 개 들이 콘돔 상자는 4달러였다. 그리고 네 개 들이 휴지 세트는 5.95달러였다. 낮이건 밤이건 상관없이 손쉽게 살 수 있는 것들이었다……. 나는 자리에서 일어서서 변기를 마주하도록 뒤로 돌았다. 엉덩이를 다시 닦아 낸 휴지 역시 깨끗하리라 예상하며, 무릎과 엉덩이를 살짝 굽힌 뒤 침착하게 한 번 더 닦았다.

그러나 나의 사기는 금방 꺾이고 말았다. 휴지를 앞쪽으로 가져와 살펴보니 실망스럽게도 더럽혀 있던 것이다. 나는 여전히 서 있는 채로, 조급하게 휴지를 접은 다음, 한 번 더 닦았다. 어떻게 이런 일이? 나는 다시 확인했다. 화장지의 오른쪽 면에 기다란 흔적이 있었던 것이다! 나는 다시 변기에 앉으려고 무릎을 구부리다가 멈추고는 어정쩡하게 섰다. 나는 더 이상 닦지 않겠다고 결심했다.

때때로 나는 왼쪽 엉덩이나 중앙보다 오른쪽을 더 많이 닦아야 했다. 지난 수년 사이 어쩌다가 알게 된 패턴이었다. 나는 변기 앞에 어정쩡하게 선 채로 이런 결과가 자꾸 나오는 타당성 있는 원인이 무엇일까 생각했다.

나는 똥이 양쪽 볼기짝을 거의 건드리지 않으면서 꽤 균일하게 나오리라고 상상했다. 굳이 조이고 밀어내지 않고 툭 하고 떨어질 때조차도 수면에 닿아 튀기는 물이 궁둥이까지 닿는 일은 극히 드물었다. 닦는다는 행위가 일어나는 엉덩이의 중앙부 골은 물론이고 말이다. 오늘 아침 역시 나의 배변 활동은 똥이 다른 부위에 닿거나, 묻거나, 물을 튀길 정도로 급하게 떨어지거나 하지 않고 일정한 페이스대로 이뤄졌다.

그런데도 문제는 여전히 남아 있었다.

더러워진 휴지를 변기에 던지고, 몇 칸 더 뜯어 다시 닦았다. 닦기용 손인 내 오른손을 앞으로 움직여 결과를 살펴봤다. 오른편에 아주 희미한—파스텔이나 수채화 같은—갈색 자국이 남아 있었다.

진전이 있었다. 굳이 한 번 더 닦지 않고 이대로 마무리해도 되겠다고 어느 정도 확신이 섰지만 이렇게까지 멀리 왔겠다, 다른 사람들도 그러리라고 생각해서 새하얀 휴지를 볼 때의 만족감을 더더욱 욕망했다. 이 만족감이란 죽은 적의 시체를 볼 때와 비슷할 것이라고 나는 상상했다. 나는 휴지를 포개어 접으며 이번이 마지막이길 희망했다. 그리고 손가락을 움직이자 뭔가 아주 명쾌해지는 순간이 찾아왔다. 오른쪽이 왼쪽보다 더 지저분한 것은 똥이 나오는 방식 때문이 아니었다. 전혀 관련이 없었다. 오히려 내가 닦는 방식 때문에 그런 것이었다! 지금 이렇게 닦는 와중에도 힘을 균등하지 않게 쓰고 있음을 느낄 수 있었다. 이건 내가 오른손으로 닦는 데다 휴지를 오른쪽으로 다시 꺼내어 들기 때문이었다. 내 손가락은 길이는 물론이고 힘도 각각 달랐다. 내 중지, 그러니까 매번 엉덩이를 닦을 때마다 오른쪽을 담당하던 손가락은 가장 길고도 가장 힘이 센 놈이었다. 다른 손가락보다 더 들어간 힘 때문에 똥이 오른쪽 엉덩이의 털쪽으로 밀려났을 것이었다. 그러니 엉덩이의 피부에 더 붙거나 묻을 수밖에 없었고, 그로 인해 다시 닦아낼 수밖에 없었다. 오히려 상대적으로 힘이 약한 손가락이 의도한 대로 잘 닦아 냈다. 나는 여태껏 이렇게 해 왔지만 전혀 실감하지 못하고 있었다.

　　마지막 닦기는 과연 깨끗했다. 변기에 던진 후 은색으로 된 차가운 레버를 눌렀다.

다시 자리로 돌아와 앉아 차를 한 모금 홀짝였다. 마

시기 딱 좋은 온도로 식어 있었다. 부드러운 온기로 입과 목구멍을 적셔 주었다. 나는 화면 밝기를 최대로 올린 다음 인터넷 창을 최대화했다. 화장실에 가기 전에 뒀던 그대로, 그러니까 소설 창만 띄워져 있고, 다른 탭은 열리지 않은 상태로 화면이 커졌다. 처음 몇 문장을 너무 빨리 읽어서 다시 읽어 보았다. 뇌가 윙윙거렸다. 문장들이 마치 백팩처럼 어깨를 움켜쥐고 밑으로 잡아끄는 것만 같은 기분을 느꼈다. 나는 문장을 다시 읽고는 그것들에 대한 증오를 느끼다가 시점을 둘러싼 고민으로 절망에 빠졌다. 곧이어 공포에 가득 찬 채 모든 글자가 아무런 의미도 없이 서로의 틈새 사이에서 복작거리는 모양새가 용서할 수 없을 정도로 추하다고 깨달았다. 그러니까 내 소설의 처음 몇 문장들은 견딜 수 없는 재앙과도 같았다. 나는 재빨리 새 탭을 연 다음 트위터를 켰다가, 트위터를 종료하고 지메일을 켰다가, 지메일을 종료하고 새로운 구글 문서 파일을 열었다. "Untitled"라는 제목이 적혀 있는 박스로 커서를 움직여서 "일인칭 소설"이라고 타이핑했다. 다 지운 다음 "소설"이라고 타이핑했다. 그리고 다 지운 다음 "ㅅㅅ"이라고 타이핑했다. 그리고 다

지운 다음 "소설 일인칭"이라고 타이핑했다.

나는 새로운 문서 파일로 소설을 복사한 뒤 붙여넣기 했다. 인칭을 일일이 바꾸다가―"그"를 "나", "그에게"를 "나에게", "그의"를 "나의"로―첫 네 문장째에 도달했을 때 차를 두 모금 마시고 크게 한 모금을 마셨다. 그리고 익숙한 떫은맛과 입 안의 낯선 질감으로 차를 다 마셨다는 사실을 알아차렸다. 나는 확인차 머그잔 안을 들여다봤다. 그러고 나서 자리에서 일어나 조리대로 향했다.

이론상 프렌치 프레스는 용량이 대강 900ml로, 머그잔 2.65잔에 해당하는 양이었다. 하지만 실제로는 2.3잔에 불과했다. 이런 차이는 찻잎을 얼마나 많이 우려냈느냐에 따라 발생했는데, 내가 사용한 찻잎의 양은 프렌치 프레스 밑바닥에서 대략 125ml 정도의 공간을 차지했다. 이런 이유로 조리대 위 프렌치 프레스 안에 찻물이 남아 있겠다고 예상하고 머그잔에 남은 양을 부었다. 그곳에 선 채로 머그잔을 들어 크게 세 모금 마신 뒤 프렌치 프레스에 남아 있는 양, 즉 8.4ml 정도를 모조리 부으며 '모조리 부어, 모조리 부어, 모조리 부어'라고 생각했다. 흔들리는 엉덩이와 여기저기 흩뿌려지는 지폐들 사이에 서서 차를 마시는 랩 뮤직비디오 속의 내 모습을 상상했다. 나는 테이블로 향해 걸어가며 여전히 완벽한 온도인 차를 게걸스럽게 홀짝였다. 내 척추는 테이블에 머그잔을 놓을 것에 대비해 미리 구부정해졌고 실제로 나는 그 자세로 머그잔을 내려놓았다. 그러고 나서 눈을 비빈 뒤 자세를 똑바로 고쳐 앉아 크게 한숨을 내쉬고 내 소설의 인칭을 일일이 마저 바꾸기 시작했다.

약 10분 정도로 느껴졌지만 사실은 3분밖에 되지 않은 시간이 지난 뒤, 나는 여태까지 내가 바꾼 부분을 읽어 보고는 작업을 멈췄다. 일인칭으로 바꾸니 원래보다 느낌이 별로였다. 삼인칭으로 쓰인 그 문장들은 사실 너무나 훌륭했다. 그 훌륭함이란 "ㄱ"이라는 예사소리가 "그에게"와 "그"라는 단어의 일부분인 "—에게"와 "—"가 자아내는 어떤 엄숙함에 더해져 생겨난 분위기에 의존하고 있다는 것을 깨달았다. 따라서 그것들을 "나"로 바꾸어 적었을 때는 그 분위기가 전달되지 않았다. 나는 심란해진 상태로 반 정도 읽다 만 기사—아니면 트위터에서 본 인용 트윗이었던가?—를 떠올렸는데, 일인칭 현재형 문장이 역사적으로 봤을 때 덜 문학적으로 여겨졌음을 다루고 있었다. 브렛 이스턴 엘리스Bret Easton Ellis가 쓴 소설 이외에도 또 다른 일인칭 현재형 시제로 쓰인 소설이 있는지 떠올려 보려고 애썼다. 아쉽지만 앤 비티의 『겨울의 쌀쌀한 풍경들』은 삼인칭 현재형으로 쓰였다……. 셀린Louis Ferdinand Céline은 어떨까? 『무이자 할부에게 죽음을Mort à Crédit』은 약 100쪽가량 읽다가 포기했다. 시점이 일인칭 현재형일 수도 있디는 점을 제외하고는 내용도 전혀 기억나지 않았다. 나는 내 몸 쪽의 노트북 가장자리에 양손을 얹어 둔 채 학자와 회고록자로 일하는 친구—그는 내게 셀린을 '역사상 가장 위대한 소설가'로 생각한다고 고백했다—와 리에게 내가 했던 말을 떠올리고는 몸을 부르르 떨었다. 내가 브렛 이스턴 엘리스의 문체를 따라 하기 위해 그가 쓴 『0보다 작은Less Than Zero』 전체를 필사한 적이 있다는 말이었다. 당시 우리는 저녁 식사를 함께하고 있었고 나는 그들에게 좋은 인상을 심어 주고 싶었다. 물론 그들은 나에 대해 좋은 인상을 갖지 않았다. 게다가 내가 한 말은 거짓말이었다. 원래는 전체를 필사할 의도였지만 사실은 몇 쪽만 필사했다. 학자이자 회고록자였던 사람은 내게 "아 진짜요?"라고 말한 뒤 곧바로 자신은 브렛 이스턴 엘리스를 좋아하지 않는다고 했다. 그때 나는 브렛 이스턴 엘리스를 흠모하던 내 마음을 최대한 숨기기 위해 "그냥 문체가 마음에 들어서"라는 식으로 대답했다. 나는 상사가 『위대한 개츠비The Great Gatsby』 전문을 필사했다던 헌터 S. 톰슨Hunter S. Thompson을 조롱했던 일도 떠올랐는데, 바로 필사했다고 거짓말한 것은 물론이고 애초에 필사 행위를 노력할 만한 뭔가로 여겼다는 것 자체에 대한 창피함을 느꼈다. 부엌 식탁에 앉아 내 소설에 다시 초점을 맞췄다. 내 소설은 후졌다.

나는 참고할 만한 다른 소설을 떠올리려 했으나 실패했다. 사람들이 기타를 배울 때는 자신이 직접 작곡하기에 앞서 다른 사람들의 곡을 따라 치면서 배우는데, 소설이라고 달리 해야 할 필요가 있단 말인가?

나는 마치 은행 창구에서 서서히 뒷걸음질하는 초보 강도처럼 아드레날린과 자의식에 가득 찬 채로, 소설의 시제를 현재형에서 과거형으로 바꾸기 시작했다. 일인칭 과거형으로 쓰인 소설은 아주 흔하다고, 그러니 참고로 삼을 것을 고르기가 쉬우리라고, 따라서 문체의 선택지를 더 늘릴 수 있다고 생각했다. 나는 희망에 부풀어 "이다"를 "였다"로 바꿨다.

사람들이 내 첫 소설을 진지하게 읽어 주길 바랐다. 나는 삼인칭 시점을 신뢰하지 않는다고 말했던 친구를 떠올렸다가 자신감을 느꼈다. 지금이라면 그가 일인칭 과거형으로 쓰인 내 첫 소설을 인정하리라고, 이제 내 소설은 일인칭 과거형이므로 많은 사람이 좋아할 것이라고 생각하며 나는 기쁨에 차 감탄했다. 차를 한 모금 마셨다.

드디어 내 소설이 그럴 듯해지고 있었다.

분량이 거의 한 페이지에 가까웠던 첫 단락 전체를 고치고 내가 여태까지 고친 부분들을 훑어봤다. 의심할 여지 없이 상태는 악화되어 있었다. 이야기가 처음 시작되는 이유 또는 지점도 불명확했다. 모든 것이 이전보다 덜 선명했다.

'그렇게까지 덜 선명하지는 않아'라고 또다시 나는 생각했다. 일인칭 시점이란 선택의 시점, 깊게 숙고하는 시점, 실행에 옮기는 시점이었다. 일인칭 시점에서는 선택에 리스크가 따랐기 때문에 결국에는 삶의 시점 그 자체였다. 삶은 현재형 시제로 살면서 미래를 곁눈질하는 동시에 과거형으로 해석하는 것이었음에도 일인칭 시점이란 것만은 분명했다. 나는 여기서 문학과 삶의 핵심적인 차이가 발생한다고 생각했다. 소설을 읽는 동안에는 독자가 평소 자신의 고뇌 어린 일인칭 시선에서 벗어나 또 다른 일인칭 의식에 이입할 수 있었다. 실제 삶의 일인칭 시선을 규정하는 요소들은 제거되고, 의심과 결단을 반복하는 실질적 일인칭 의식은 한 발짝 물러났다. 그러고 나서 일시적으로나마 소설이라는 다른 일인칭 시점에 이입하게 되는 것이었다. 그러나 나는 부엌 식탁에 앉아 만약 삶에서의 일인칭 시점을 특징짓는 요소가 고뇌이며 그것이 일인칭 소설을 읽을 때 제거되고 만다면, 소설에는 근본적으로 일인칭적인 요소가 없는 것이나 마찬가지라고 얼굴을 만지며 생각했다. 그런 의미로 '문학에서 일인칭이란 근본적으로는 삼인칭이지 않은가'라고 생각했다. 따라서 내 소설의 두 버전은 서로 같다고 말이다.

스트레스를 느끼며 내 새로운 일인칭 과거형 시

제 소설이 띄워져 있던 탭을 닫은 뒤 새로운 탭을 열어 트위터를 클릭했다. 트위터를 닫은 뒤 원래 소설의 무작위적인 지점을 향해 스크롤을 내려 읽어 나갔다. 씨발.

"씨발……." 나는 혼잣말하며 고개를 끄덕이다 위로 들어 천장을 바라봤다. 앞니 사이로 혀를 내밀어 꽉 깨물었다.

소설을 쳐다봤다. 스크롤을 내려 도착한 페이지의 두 번째 단락 마지막 부분에는 꽤 괜찮은 클리프행어〔Cliffhanger, 서사 구조 속에서 긴장감을 고조시킨 채 챕터를 끝냄으로써 관객의 호기심과 몰입도를 고조시키는 연출 기법〕식의 결말—캘빈과 함께 일하는, 핑거라고 불리는 히피 소년이 '누군가의 얼굴을 날려 버리는' 것에 대해 말하는 장면이다—이 묘사되어 있었지만 밑에 단락이 네 개나 더 있었기 때문에 네 단락이 새로운 장으로서 다음 페이지부터 시작하도록 엔터 키를 눌렀다. 장별 길이가 짧다는 점이 내 소설에서 유일하게 자신 있는 지점이었다. 대부분의 소설이 가진 모든 요소를 답답하다고 느꼈다. 내 소설만큼은 그런 식으로 독자들에게 다가가지 않았으면 했다. 답답하지 않으려면

장 길이도 짧아야 했다.

　　새로운 장으로 스크롤을 내린 뒤 첫 두 문장을 읽었다. '누군가의 얼굴을 날려 버린다' 함은 사실 손바닥에 올려 둔 대량의 LSD를 다른 사람의 얼굴을 향해 불어 버리는 것이라고, 그래서 그 대상이 인사불성 상태에 빠지게끔 하는 것이라고 설명하는 문장들이었다. 이 문장들은 실질적으로 아무런 문제가 없었지만 소설이 삼인칭 현재형으로 쓰였다는 사실 때문에 모든 게 생기가 없고 얄팍하게 느껴졌다. '나는 이제 어떡하면 좋지?' 얼굴 안쪽에서 무언가 윙윙거리고 있었다. 뻑뻑한 액체가 두개골 틈으로부터 새어 나온 뒤 어깨와 목을 향해 기어 내려와 종국에는 뇌를 둘러싸는 느낌. 내가 소설 작업에 얼마나 간절하고 침착하게 체계적으로 매진하고 싶든, 이를 위해서 어떤 생각이 필요하든, 그리고 그 생각들이 어디서 비롯되든 상관없이 모든 것이 뻑뻑한 액체로 눌어붙어 나의 뇌로 가닿지 못하고 있었다. 내 소설의 시점과 시제에 대해 비참할 정도로 맴맴 도는 생각만이 뻑뻑한 액체 너머에서 작용하고 있었다.

　　나의 저능하고 비생산적인 행동 패턴에 힘이 빠

져 이메일을 보냄으로써 스스로를 재정비하기로 마음먹었다. 자잘한 업무를 마무리하면 조금 더 현실에 발을 디딘 채 자신감과 안정감을 느끼며 해야 하는 일을 실행에 옮길 수 있을지도 몰랐다. 지메일을 열었다. 리가 보낸 메일이 한 통 더 도착해 있었다. 이메일에는 그저 "꺼져"라고 적혀 있었다.

나는 씩 웃고는 답장을 썼다. "오늘 아침 내내 버둥대고 있음. 벌써 쓰러지기 일보 직전……. 소설 작업 중."

나는 인터넷 창을 껐다가 다시 켰다. 이메일을 주고받으며 갑작스레 에너지가 치솟아 내가 뭘 하려고 했는지 잠시 기억이 나지 않았고 그사이에 충동적으로 헛발질을 한 것이었다. 자리에서 일어나 거실로 들어갔다. 방 안을 비추고 있는 벽난로 위의 거울을 보니 흡족했다. 벽을 향해 기울어 살짝 천장 쪽을 바라보고 있는 거울은 내 모습을 실제보다 더 날렵하고 강해 보이게 비췄다. 얼굴은 덜 동그래 보이고, 어깨와 가슴은 더 넓어 보였다. 나는 가슴과 어깨의 근육을 과시하는 포즈를 지어 보이다가 몸 옆면이 보이도록 돌아선 뒤 삼두근에 힘을 주고 다시 거울을 마주 보도록 섰다. '보디……'라고 망설이듯 생각했다가 '보디 맨……'이라고 다시 명료한 어조로 생각했다. 그러자 "형씨, 안녕"이라는 말이 떠올랐고 내가 클리블랜드에 살 무렵 항상 "형씨, 안녕" 하고 인사하던, 그다지 친하지 않았던 이탈리아인 소년이 뒤이어 떠올랐다. 나는 머리카락을 쓸어 넘기고는 마치 무대 위의 래퍼가 된 것처럼 몸짓하며 "요" 하는 입 모양을 지어 보였다. 나는 부엌의 조리대로 향해 싱크대에서 컵에 물을 반만 따라 마셨다. '그렇게 마신 물이 몸 구석구석으로 흘러 들어가는 것을 느낄 수 있다면 어떨까' 하고 상상했다. 몸과 마음이 진정되기보다는 자극되었고, 편안하기보다는 쇼킹했다. 나는 몇 모금 더 마실 수 있을 정도로 물을 따른 뒤 마셨다. 아침이 저 먼 곳을 향해 물러나고 있었다. 무(無)를 향해 사라지고 있었다. 끝이지 않는 미세한 조잘거림과, 꽉 뭉친 어깨와, 높은 심박수에 의해 아침이 밀려나고 있었다.

씨발. 씨발, 씨발.

'러닝이라도 다녀와야 하나? 카페에 갈까? 숲속을 산책해도 될 것 같은데'라고 니는 생각했다. 나는 소설 작업을 하고 싶었지만 극심한 절망감을 느꼈다.

집 밖으로 나가야 하는 건 분명했다. 하지만 커피를 마신다는 호사를 누릴 정도로 계좌에 잔고가 넉넉하지 않았다. 아마도 내게 필요한 것은 러닝인 듯했지만 어째서인지 러닝은 포기와 동의어처럼 느껴졌다.

나는 늘 사람들이 생각과 행동을 나란히 진행하거나, 혹은 그 둘이 우연히 연결되는 방식으로 자기 행동을 제어한다고 생각했지만 그러기는 불가능했다. 우리는 불가해한 경험을 한 뒤 최선을 다해 언어와 이미지를 이용하여 그 경험을 자신에게 설명하는 것에 가까웠다. 그다음에는 다른 사람의 마음을 읽으려 애쓰듯 우리의 마음을 읽는 것이었다. 우리는 생각한 다음 행동하지 않는다. 생각과 행동의 관계가 결코 직선적이지 않기 때문이었다. 그러니까 인간은 총체적으로 행동하는데—그중 오직 일부분만이 의식적인 생각이다—, 이때 해석이라는 행위를 하려면 사람은 스스로를 관찰해야만 했다.

　　예컨대 방황하며 불안감을 느낄 때 카페인을 더 섭취할 경우 그 불안감이 증폭될 뿐이라는 것을 나의 일부는 알면서도, 또 다른 나는 그렇게 섭취한 카페인으로 소설 작업을 능률적으로 해내리라는 기대에 기쁨을 느꼈다. 나는 조리대로 향한 뒤 멈춰 서서 비극적인 한숨을 내쉬었다. 그다음엔 팔을 뻗어 찬장에 있는 계량컵을 꺼냈다. 계량컵에 두 컵 분량의 물을 부어 넣은 후 그 물을 다시 전기 주전자에 부었다.

나는 우리가 스스로 어떤 사람이 될지를 '선택'해야 한다고도 생각했다. 자기 자신을 이해하는 것만으로는 부족하다고 말이다. 우리의 욕망을 알아채거나 혹은 욕망에 모순되는 부분이 있다 하더라도, 그 모순된 부분 중에서 하나를 선택하는 일은 여전히 가능했다. 나는 욕망을 하나의 실이라고 여겼다. 내가 궁극적으로 지향하는 방향으로 당겨지는 실 말이다. 내 생각은 좁고 갑갑한 나의 부엌보다 훨씬 더 크고 헤아릴 수 없을 만큼 깊은 어딘가에 박혀 있었다. 고개를 숙여 손을 들여다봤다.

의식이 날카로워지자 조금 전 물을 따를 때 찰방거리는 소리가 들렸음을 깨달았다. 이미 물이 차 있던 전기 주전자에 물을 부은 것이었나? 나는 무게를 확인해 보기 위해 주전자를 들었다. 물을 두 컵 부었을 때의 무게보다 더 무거웠다. 나는 전기 주전자의 물을 싱크대에 버린 뒤 조금 전의 과정을 반복했다. 그리고 전기 주전자의 전원을 켰다.

전기 주전자 안 물이 끓으며 나는 "쉬이이이이익" 소리를 뒤로 하고, 테이블로 향해 자리에 앉았다. 반의식 상태로 화면을 트위터에서 유튜브로 바꿨다. 그러다가 나는 결국 무의식 상태로 빠질 만한 행동을 하고 있음을 인지했고 곧 물이 끓기를 기다리며 뭔가를 보기로 결심—실제로 행하자 내 몸이 안정되는 게 느껴졌다—했다. 뭔가를 보기로 하는 결정은 언제나 내게 안도감을 안겨 주었다. 나는 그가 소셜 미디어에서 뭔가를 낭독한 클립이 있는지 찾아보려고 유튜브 검색창에 "조던 카스트로 소셜 미디어"라고 입력했다. 이는 내 변덕스러운 소셜 미디어 사용을 무마하거나 혹은 소셜 미디어를 다른 각도에서 바라보기를 바라는 마음에서였다. 대부분의 영상은 길이가 40분에서 3시간까지 이어지는 소설 낭독이나 인터뷰 또는 '조던 카스트로'라는 이름을 가진 다른 사람을 다룬 것이었기 때문에, 결국 나는 여섯 번째 페이지에서 "조던 카스트로 인터넷-REMIXX(팬 비디오)"라는 제목을 클릭할 수밖에 없었다. 해당 영상의 섬네일은 보라색, 초록색 광선이 내리쬐는 검은색 배경 앞으로 조던 카스트로의 얼굴이 보이는 이미지였다.

영상은 가사 없이 멜로디로 시작되었다. 만화로 그려진 뱀 한 마리가 화면 안으로 기어들어 왔다. 조던 카스트로가 마법의 양탄자를 타고 그의 매력적인 얼굴을 뱀을 향해 들이밀었고, 곧이어 그의 목소리가 음악 위에 겹쳐 들려 왔다. 그 목소리는 아마도 어느 인터뷰에서 따온 것인 듯했다. "오늘날 사람들은 자신의 정치적 견해를 형성하고 주고받는 방식으로, 자신의 성향과는 동떨어진 채 파괴적인 관계를 맺게 되었습니다. 반면 예전에는 누구에게 투표했는지, 무엇을 믿는지 묻는 것 자체가 아주 무례한 일이죠. 요즘 사람들은 거리에서나 그들을 중독시킬 목적으로 만들어진 플랫폼에서 항상 자신의 정치적 견해를 즉각적으로 형성하고 주고받습니다. 그래서 자신이 생각하고 있는 것, 느끼는 것, 믿는 것 자체에 대해 의미 있는 주장을 전개하지 않고 대부분 그저 자의식을 수행할 뿐이죠. 그러면서 그 수행에 중독되고요." 육체에서 분리된 조던 카스트로의 얼굴이 화면 안에서 이

쪽저쪽으로 튀어 올랐다. 직감상 이 트랜스 음악은 아마 비트가 시작될 때까지 계속 고조될 듯했다. 좋지 않게 들렸다.

이 영상을 보고 있는 내 모습을 바이올렛이 훔쳐보는 광경을 상상하니 조금 창피해졌다. "이제 사람들은 자신의 견해와 성향을 결부시키죠. 특히 다른 사람들로부터 애정을 받고 싶어 하는 성격의 특정 부분을 자신의 견해와 결부시킵니다." "애정을 받고 싶어 하는"이라는 말이 내 귓가에서 맴돌았다. 음악이 멈추고, 곧 비트가 시작됐다.

"사람들은 다른 그 무엇보다도 애정을 받길 원합니다." 나는 이 목소리가 조던 카스트로의 목소리인지 아니면 그가 쓴 글을 다른 사람이 읽는 것인지 구분할 수 없었다. "사람들은 항상 애정받길 원했어요. 하지만 오늘날에 이르러서는 그것을 최우선으로 원하고 있지요." 이제 음악에는 쿵쿵거리는 박자까지 곁들여졌다. "사람들은 애정받길 원해요. 가족이나 친구들 또는 동급생들, 동료들뿐 아니라 모든 사람으로부터요. 모든 게 공적인 소셜 미디어—입술을 쭉 내민 셀카를 올리고 그 이미지에 자신의 페르소나를 끼워 맞추면서 가장 이상적인 자기 모습(가장 즉각적으로 소비되고 좋아요를 받을 수 있는 버전)을 만들어 내죠—에서 다뤄지다 보니 바로 이런 양상이 사람들의 견해에 반영되기 시작했어요. 실제로 자기가 가지고 있는 견해가 아니라 다른 사람들에게 내보일만한 견해를 만드는 것이지요."

나는 이미 작은 크기였음에도 내게 위협적으로 말을 거는 듯했던 소리의 볼륨을 낮췄다. 조던의 얼굴이 화산에서 튀어나와 눈과 입 밖으로 용암을 내뿜었다. 만화로 그려진 보디빌더의 몸이 화면 왼편에서 등장해 가운데로 스르륵 미끄러지더니 조던의 얼굴과 마주했다. 그러고는 그의 얼굴에 자기 얼굴을 맞대더니 춤을 추기 시작했다. 나는 조던이 그토록 강조한 '견해'에 관해 숙고했지만 이제 내게 그것은 전혀 중요하지 않은 것처럼 여겨졌다.

"사람들은 자신이 실제로 가지고 있는 견해와 다른 사람들로부터 기대받는 견해를 구분할 줄 몰라요. 사람들은 자신이 생각해야 한다고 생각하는 것과 실제로 생각하는 것을 혼동해요. 기기다가 실제 자기의 모습과 사람들이 기대하는 모습도 마찬가지고요.

사람들은 자신이 생각해야 한다고 생각하는 것과 실제로 생각하는 것을 혼동해요. 거기다가 실제 자기의 모습과 사람들이 기대하는 모습도 마찬가지고요. 사람들은 자신이 생각해야 한다고 생각하는 것과 실제로 생각하는 것을 혼동해요. 거기다가 실제 자기의 모습과 사람들이 기대하는 모습도 마찬가지고요." 이 문장은 턴테이블 위로 음반을 돌리는 DJ의 손길에 따라 여러 번 반복됐다. 나는 혼란스러운 감정과 함께 과잉된 자의식—아침을, 내가 아침이라는 시간을 이렇게 보냈다—을 느꼈다가 설명하기 어렵지만 어째서인지 소설을 쓸 활력이 돌았다.

조던의 목소리와 음악 소리는 마치 공간을 덜 차지하려 애쓰는 듯 혹은 내 의식의 다른 부분으로 건너간 듯 은은하게 들려왔다. 이에 따라 시야가 흐려지며 내면에 집중할 수 있게 되자 나는 소설에 조금이나마 빠져들 수 있게 되었다. 음악 소리가 날카로웠다가 은은해지면서 나는 약 15초간 멍하니 앉아 입을 벌린 채 정신이 이리저리 다듬어지는 것을 느꼈다. "모든 사람은, 한 마디로, 그냥 애정받길 원하는 거예요." 노트북에서 흘러나오는 소리는 마치 뭔가의 뒤편에

서나 벽 속에서부터 들려오는 것 같았다. 화면 위로 조던 카스트로의 입이 벌어져 그 속으로 끝없이 떨어지는 효과가 나타났다. 배경에는 아작 난 자동차 위에서 트롤들이 꿈틀거리며 춤추고 있었다. 내가 겨우 알아볼 수 있는 밈에서만 본 이미지들이 나타났다. 영상은 마치 섬광등처럼 번쩍거리길 반복했다. 영상이 갑자기 끊기고 자동으로 광고가 재생되자 나는 부엌 식탁에 앉은 채로 마비된 것처럼 오른쪽 등 뒤에서 끓고 있는 물을 멍하니 쳐다봤다.

광고가 재생되는 동안 온도를 확인하기 위해 의자를 끓는 물 쪽으로 돌렸다. 주전자의 밑동이 희미한 빨간색으로 빛나고 있었다. 나는 영상 때문에 약간 오싹한 기분이 들었다. '대체 어떤 사람이 이런 걸 만든 거지?' 조던 카스트로의 팬들도 혼란스러워하는 듯 보였다. 나는 영상에서 표현된 주된 정서에 대해 생각했다. 정도의 차이는 있어도 모든 사람이 하나같이 애정받길 원하는 것은 사실인 듯했으나 그게 이렇게 망가진 네온 레이저 효과를 써 가며 영상을 만들어야 할 정도로 중요한 사실인지는 알 수가 없었다. 한편 사람들이 이전보다 더 애정받길 원하는지 역시 의심스러웠지만 그럴 수도 있을 것 같긴 했다. 고대 문명의 사람들 또는 선사시대의 사람들이 주로 갈구했던 것이 애정이었을까? 미약하게 떠오른 생각은 그들은 신으로부터 사랑받길 원했을 것이라는 점이었다. 아무튼 애정을 받는다는 것에는 유용성이 있을 것이다……. 나는 종종 불안에 찬 채 내 소설을 타인의 시선으로 살펴봤다. 내가 소설을 퇴고할 때 느끼던 두려움은 애정을 못 받을까 봐 불안해하는 마음에서 비롯된 것이었을까? 아니다. 물론 사람들은 늘 나를 좋아했다……. 그런데 내 안에 두려움이 있는 것이 사람들이 나를 좋아하길 바라는 마음 때문일까? 그리고 이를 위해 내가 애썼기 때문일까?

'존재하지 않는 타자……'라고 나는 생각했다. 처음에는 메탈 밴드의 이름을 떠올린 줄 알았지만 이내 아니란 것을 깨달았다.

'사람들은 자신이 생각해야 한다고 생각하는 것과 달리 실제로……' 문장이 정확하게 기억나질 않았다. 비록 영상은 미적인 측면이나 어느 면에서 봐도 믿기지 않을 정도로 마음에 들지 않았지만, 그리고 어느 의미로 보나 '너절한' 듯했지만 이것이 존재한다는 사실 자체는 나쁘다고 할 수 없었다. 영상에는 미적으로 너무나 불쾌해서 내가 감히 그 요소들을 분석할 엄두도 내지 못했던 것들도 있었다. 나는 어렸을 때 인생관이 이념이 아니라 미적 주관에만 기반해 형성된 건 아닐까 궁금했다. 아니면 그릇된 미적 주관에 기반해 형성되었다거나? 사람은 어떻게 세상의 어느 부분을 인식하고 그것과 관계 맺을지 아니면 무시할지 선택하는가? 애초에 선택이란 게 가능한가? 시야가 흐려지고 고개는 뒤로 젖혀졌다. 갑자기 어떤 것에 대한 내 의견과 반응을 아무 거리낌 없이 트윗 하는 미래를 상상했다. 이 바람은 마치 덤불 속에 숨어 있다가 갑자기 나타난 사람처럼 난데없이 무에서 튀어나온 것이었다.

"심약하고…… 대중음악 문화에 집착하며…… 자제력 없는…… 아이들……." 나는 늙은이처럼 고갯짓하며 심술궂게 중얼거렸다. 그러다가 고개를 숙이고는 부엌 식탁에 앉은 채로 상상 속에서 내가 올린 트윗들에 부정적인 반응을 내보이리라 예상되는, 내가 몸담은 이 문학계의 한구석을 앞으로 점점 더 많이 차지해 갈 정체 모를 사람들을 향해 촌철살인의 한마디를 떠올리려고 애썼다. 트위터에 분탕 종자들을 풀어 놓는 백일몽을 꿨다. 나의 가장 너절한 면모를 나부터 포용한 다음, 그것들에 관한 트윗을 호전적으로 날리는 상상 말이다. 농담을 싫어할 뿐 아니라 이해도 못 하고 농담을 이해하려고 시도하는 것조차 싫어해서 궁극적으로는 미소 짓는 것도 싫어하는 문학계에서 스스로를 소외시키면서 말이다. 이전에는 나를 포용해 줄 독자들이 세상에 존재한다고 확신에 차 있었다. 지금은 그들이 없다는 것에 확신이 차 있다. 입은 벌어지고, 시야는 흐릿해졌다. 목이 뒤로 꺾여 머리가 축 늘어뜨린 채로 내가 소설을 끝낸다고 하더라도 읽을 사람이 아무도 없으리라고 생각했다.

처음 글을 쓰기 시작했을 무렵에 만났던 사람들에 대해 생각했다. 그들 중엔 리와 몇몇을 제외하고는 독립적인 사고를 할 줄 아는 사람이 없었다. 내 오랜 동료들, 그러니까 처음에는 흥미로운 생각을 하는 데다 생각한다는 행위 자체에도 깊은 흥미를 느끼고 있다고 여겼던 이들, 어딘가 근본적으로 괴짜 같은 지점이 있다고 여겼던 이들은 사실 전혀 흥미롭지 않았고 생각 자체에 흥미가 있지도 않았으며 괴짜도 전혀 아니었다. 그저 멍청하고 평범한 사람들에 불과했다. 대부분의 작가 또는 작가 유형—그들 중 대부분은 진짜 작가가 아니며 그저 작가 유형에 불과했다—은 괴짜 같은 면이 전혀 없었다. '오히려 지극히 평범한 사람들이었다'라고 부엌 식탁에 앉아 생각했다. 그들은 스타벅스에서 별난 음료를 주문하거나 오버사이즈 안경을 쓰고 다니고 뭔가 유별난 화장품을 썼다. 그들의 총체적 유머 코드를 비롯해 그들이 만들어 내는 유치하고 오염된 모든 것은 문학과 한참 동떨어져 있었다. 그건 거짓된 괴짜다움이라는 일종의 모조품과도 같은 개성에서 기인하고 있었다. 그들은 자신들이 그렇게 소중히 여기는 별난 구석으로 여겨지지 않는 뭔가를, 그러니까 한마디로 중요한 뭔가를 전혀 만들어내지 않았다. 그들이 내뱉는 농담의 핵심은 모두 하하! 나 좀 봐! 나 진짜 이상하지! 였지만 이 이상함이 결국 가리키는 것이라고는 지극한 평범함에 불과했다. 그들이 쓰는 모든 글도 핵심은 다음과 같았다. 야! 나를 좀 봐! 나 진짜 이상하지! 이런 나를 어떻게 생각해?

이제 나는 마치 글을 쓰듯이 내 생각을 완전한 문장으로 자신에게 읊어 주고 있었다. 어쩌면 조금 전에 그 영상을 봤기 때문일까, 영상 속의 어조가 의식 속으로 새어 들어온 듯했다. 나는 몇 년 전 글쓰기를 통해 만난 어떤 사람을 떠올렸다. 나는 처음에 그녀가 작가라고 생각했지만 시간이 지남에 따라 그녀는 스스로가 작가 유형일 뿐이라는 사실을 증명해 보였다. 그녀는 대수롭지 않게 경구를 다루는 책 한 권을 썼는데, 나중에는―예술가 비슷한 돈 많은 경구 작가가 그렇듯―'활동가'가 되었다.

　서로 간의 미미한 차이가 장식에 불과한 문학계는 일종의 바글거리는 군집처럼 변해 버렸다. 마치 쥐들의 왕국처럼. 그들이 겁에 질린 채 오직 장식에 불과한 차이점을 앞세우는 것은 숨통을 죄는 듯한 서로의 유사성을 감추기 위해서였다. 이 유사성은 진정으로 고유한 존재를 배척하면서 자신의 경향만을 계속 강화하고자 하는 성질을 가지고 있었다. 때로는 고유함을 방패로 삼는다는 사실을 실감하지도 못한 채로 자신의 뭔가를 배척하기도 했다. 작가들 무리에서 차별성과 고유성이 충분하지 않으면, 그들은 아주 우악스럽게 망상에 빠져들어 간다는 것을 알게 되었다. 그리고 이 점은 오직 그 무리 밖에서 굳건히 자리를 지키고 있는 자들에게만 보이는 진실이었다. '군중은 진실하지 않다……'라고 나는 키르케고르의 에세이 제목을 떠올리며 생각했다.

트랙 패드 위로 손가락을 움직이자, 내가 한때 마음에 담아 두던 집단으로부터 이렇게 거리를 두는 게 그다지 현명한 처사가 아니라는 판단이 흐릿하게 들었다. 트위터를 클릭하자 피드에 가장 먼저 뜬 트윗은, 그다지 놀랍지도 않은 노릇이었지만 그녀, 그러니까 그 작가 유형의 트윗이었다. 나는 수년째 그녀를 팔로우 취소하고 싶었지만 그렇게 하지 않은 이유를 지금 떠오르는 대로 말하자면 바로 애정받고자 하는 욕망과 특정 사회 집단이 내게서 기대하는 사회적 지위를 유지하고자 하는 욕망 때문이었다. 이런 순간에 때때로 드러나곤 하는 나의 모습이 한심했다. 트윗에는 모르는 여자 연예인 두 명이 찍힌 사진 위로 다음과 같은 내용이 적혀 있었다. "백인 여자들은 좀 진정할 필요가 있는 듯." 그녀의 프로필을 클릭했다.

나는 환희에 차 미소 짓는 스스로의 모습에 놀라며 '순 호구네'라고 생각했다. '이 호구 좀 봐라……'라고 생각했다. 연예인 사진 밑에는 내가 팔로우 하고 있지는 않지만 명망 높은 한 출판사의 편집자가 쓴 트윗이 있었다. 내 피드에 올라온 것은 캘리포니아 출신 작가 유형이 '좋아요'를 눌렀기 때문이었다.

나는 편집자의 프로필을 클릭했다. '이 나약한…… 징징대면서 빵이나 먹는 놈들…….' 나는 내 안에서 뭔가 난폭하고 과격한 감정이 끓어오르면서도 동시에 멍하고 심드렁한 기분이 드는 것을 느꼈다. 그 편집자의 가장 최근 트윗은 "새우 침 먹는 중. 곧 원고 위에서 미쳐 날뛸 예정"이었다. '더러워'라고 나는 생각했다. 그녀가 말하려던 것이 새우 칩이었을까? 새우 침? 나는 마치 소처럼 여물을 씹듯 쩝쩝거리는 편집자의 모습을 떠올렸다. 머리를 앞뒤로 움직이고 바보 같은 미소를 지은 채, 새우 칩의 포장지를 열려고 애쓰다가, 마침내 손을 포장지 안에 넣어 새우 칩을 한 움큼 꺼내, 입에 쑤셔 넣는 모습을. 역겨운 기분이 들었다. 편집하는 동안 정말 새우 칩을 먹는단 말인가? 그녀의 손가락 끝에 묻은 기름, 키보드 위로 올라가는 그녀의 손가락, 키보드에 다 묻어 버리고 마는 새우 칩의 기름, 얼굴을 만지작거리는 손가락, 다시 새우 칩을 먹는 모습, 종이를 한 장 집어 들어 뭔가를 표시하는 모습…….

　문학계엔 정말로 해로운 사람들, 그러니까 이런 저런 사안들에만 매몰되어 자신의 꼴사나운 모습에는 전혀 관심이 없는 사람들로 가득하다고 생각했다. 옛날이라면 괜찮았을 것 같기도 했다. 자기 모습에 대해서는 생각하지 않아도 괜찮았던 때가 있었다. 편집자가 기름으로 범벅된 민낯을 자랑스레 내보이며 모두를 짐승 취급하는 새우 칩 먹보가 아니라, 직업으로서의 편집자였을 때. 어떤 사람을 떠올릴 경우 번들거리는 입술과 손가락에서 영원히 떨어지는 기름에 대해서는 상상하지 않아도 되고 오직 직업적 능력으로만 떠올리면 충분했던 시절 말이다. '그래, 그땐 그랬지'라고 나는 생각했다. 요즘과는 달리 누군가가 키보드를 어떻게 사용하는지에 대해서는 생각할 필요 따위 없었다. 포스트잇이 잔뜩 붙은 노트북의 자판을 기름진 손가락이 음침하고 탐욕스럽게 더듬다가 휴대폰 화면을 스와이핑 하는 모습을 상상할 필요가 없었다…….

　그 끔찍한 트윗을 소비하고 난 뒤 나는 반사적으로 인터넷 창 전체를 끄고는 바탕 화면으로 돌아와 다시 인터넷을 켜고 지메일을 클릭했다. '조금 전과 같은 걸 보는 일 따위 없었어야 했는데'라고 나는 생각했다. 품위라고는 전혀 없었다. 마치 새우 침에 관한 그 트윗이 척추를 휘감는 실제적인 긴장감으로 되살아난 듯, 육신으로 짜증을 느낄 수 있었다. 나중에 이에 대해 적어 나가면서 나는 이 느낌이 장시간 공허하게 클릭질을 한 그 여파가 두뇌에 미친 것일지도 모른다고 생각했다. 좀비처럼 뭔가 새로운 것이나 좋아요 누를 만한 콘텐츠가 있는지 확인하면서 '아무 이유 없이' 무의식적으로 클릭질을 하루 종일, 그것도 매일, 무수히 반복해 생겨난 심리 증상일지도 몰랐다. 대부분의 경우에는 내가 갈증을 느낀 그 어떤 새로운 것도 없었다. 따라서 이 긴장감은 이런 나날이 모인 몇 년이라는 시간이 물리적으로 나타난 것일 터였다.

시선에 집중하자 내가 손에 쥐고 있는 휴대폰으로 트위터를 보고 있음을 깨달았다. 무의식적으로 노트북에서 휴대폰으로 갈아탄 것이 명백했다. 그렇게 내가 다시 마주하게 된 것은 "백인 여자들은 좀 진정할 필요가 있는 듯"이라는 트윗이었다. 0.001초 조금 넘는 시간 동안 나는 내가 화면에 뜬 콘텐츠를 '얼굴

뒤의 얼굴'을 통해 놀라울 만큼 흐릿하게 해석하고 있다는 느낌이 들었다. 트윗을 클릭하자 리트윗은 164건, 받은 좋아요 수는 385개임을 알 수 있었는데, 좋아요 누른 사람의 목록을 보기 위해 클릭한 뒤 스크롤을 내렸지만 내가 아는 사람이라고는 단 한 명도 찾을 수 없었다.

내가 조던 카스트로의 영상을 보던 시점에 물 온도가 57℃에 달해 버린 전기 주전자가 쉭 소리를 냈다. 그 이후로는 소리가 나지 않는다는 사실을 알아차리기 전까지 전기 주전자가 잠잠한 줄도 까맣게 모르고 있었다.

60℃에서 95℃인 중간 지점에서 전기 주전자가 내는 소리는 부엌에서 나는 소리—온수기의 긁는 소리, 보일러의 우르릉 소리, 냉장고가 이따금 내는 끽끽 소리—에 묻혔다가, 이후에는 '자기 자신이 내는 소리'에 파묻혔다. 나는 의자 위에서 자세를 고쳐 고개와 몸통이 주전자를 향하도록 돌았고, 주전자 물이 정말로 다 끓은 게 맞는지 판별하기 위해 귀에 온 신

경을 집중했다. 나는 테이블에서 의자를 뒤로 살짝 밀어 엉거주춤 일어섰고 주전자 쪽을 향해 몸을 삐죽 내밀었다가 우뚝 멈춰 섰다. 노트북을 닫을 요량으로 엉덩이를 뒤로 쭉 빼고 손을 뻗은 이상한 자세로 결국 인터넷만 종료시켰다. 그러고 나서 곧게 일어선 뒤 조리대를 향해 허둥지둥 다가갔다.

물은 끓는점 직전인 96℃가 아니라 85℃였다. 커피를 내리는 온도로는 적당했다. 아마도 주전자의 물은 조금 전 끓었다가 식은 모양이었다. 전기 주전자를 다시 켰다. 이번에는 "쉬익" 소리가 즉시 시작됐는데, 파도치는 소리를 거꾸로 재생한 것 같은 소리였다. 이 소리는 비디오를 고속으로 되감을 때 나는 "쉬요오오오오옵" 소리와도 크게 다르지 않았다(한 남자가 사무실 바깥으로 나서서 석양 쪽을 향해 걸어가는데 갑자기 "쉬요오오오오옵" 소리가 들리고 그러다 어느새 아침으로 되감기되어 다시 일을 하러 나서지만 이번에는 휴대폰을 두고 집을 나왔기 때문에 그날의 모든 줄거리가 바뀐다면?). 나는 주전자의 빨갛게 표시된 숫자가 치솟는 걸─85℃, 86℃, 88℃─보다가, 정체기를 맞이했는지 95℃쯤에서 1℃씩 오를 때마다 시간이 조금씩 더 걸린다는 걸 알아냈다. 아버지가 옛날에 하신 말씀이 떠올랐다. "1000만 달러 벌기보다 100만 달러 버는 게 더 어려워." 내가 돈에 대해서는 뭔가를 이해하기는커녕 아버지가 말하는 내용을 들을 의지 자체가 없던 나이 때 한 말이었다. 나는 아버지의 말을 주전자 밑동에서 빨갛게 빛나고 있는 숫자에 대입해 생각하다가 처음에는 빨리 상승했다가 마지막으로 가면 갈수록 매 상승 폭이 줄어드는 이런 현상, 즉 처음에는 빨리 나아가다가 정체기를 마주하고 최고점으로 향하면 향할수록 나아가기 어려워져서 미처 알아채지 못한 채로 방향을 잃고 마는 현상에 관해 일종의 법칙이라도 있는 것인지 궁금해졌다. 아버지의 말씀은 이런 현상과는 전혀 맞지 않는 내용이었다. 나는 한숨을 쉰 뒤 주전자 밑부분의 숫자를 쳐다봤다. 90℃였다. 어느 스탠드업 코미디언의 조크가 생각났다.

"첫 100만 달러가 제일 힘들다고 한 게 누구야?"

(정적)

"히틀러 아닌가?"

주전자의 빨간색 숫자가 92℃에서 90℃로 떨어졌다

가 다시 93℃로 올라갔다가 이내 92℃로 내려갔다. 나는 케멕스 사의 핸드 드립 여과지를 상자째로 찬장에서 꺼내 하나를 빼낸 다음 최대한 가지런히 케멕스 위에 올려—사각형 여과지를 고깔 모양으로 만든 다음 케멕스 입구에—포갰다. 하지만 고정해 주는 것이 없기 때문에 고깔 모양으로 형태를 잡아 둔 여과지는 이내 원래의 모양으로 펼쳐져 케멕스 입구의 빗면에 어정쩡하게 걸쳐졌다.

케멕스는 모래시계 모양의 핸드 드립 커피용 플라스크였는데, 원뿔 모양의 목에 나무로 된 손잡이가 옷깃 모양으로 달려 있었다. 커피를 한 번에 한 잔 이상 내릴 때 유용했다. 한 번에 한 잔 분량만 내릴 수 있는 보다 대중적인 핸드 드립용 기구인 하리오V60와는 달랐다. 문제는 케멕스로 커피를 한 잔 이상 내릴 때면(한 명 이상의 사람이 마시는 경우가 아니라면), 몇 분간 기다려야 했다는 것이다. 팔이 쑤시기도 했고, 커피가 식을까 봐 급한 마음을 참고 내린 두 번째 커피는 첫 번째 잔보다 식은 상태일 수밖에 없었다(커피 향을 전혀 즐기지 않고 첫 번째 커피를 벌컥 들이켰다면 또 모를까). 나는 잡다한 기구가 들어 있는 조리대 서랍 앞에 서서 케멕스로 커피를 내려 마실 때 캔 맥주용 보온 홀더처럼 보온용으로 사용할 수 있는 뭔가가 분명히 있으리라 생각했지만 사실 생각만 하고 찾아보지 않으리란 걸 알고 있었다. 나는 잡다한 기구나 불필요한 가재도구를 집 안에 들이는 법은 절대 없었다. 그런 물건들은 필요한 순간에만 머릿속에 떠올랐다가 그 순간이 지나가면 곧바로 뇌리에서 잊혀졌다.

케멕스는 설거지하기 무척 불편한 물건이기도 했다. 모양 자체가 부엌에서 사용하는 수세미로는 닦기가 어려웠다. 케멕스의 목 부분을 통과해 손을 집어넣기란 불가능했다(물론 손이 기묘할 정도로 작다거나 아이의 손이라면 다른 이야기지만). 손잡이가 달린 수세미 역시 마찬가지로 케멕스를 적절히 닦는 데엔 부적절했다. 왜냐하면 좁다란 목구멍 속으로 수세미를 넣을 순 있어도 제대로 닦기 위해 돌릴 만한 각도가 나오질 않았기 때문이었다. 이리저리 뚱땅대며 유리면에 부딪혀 가며 수세미질을 해봤자 밑바닥에 겨우 닿을까말까 했던 탓에 제대로 된 세척이 이뤄질 만한 힘이 가해지기 어려웠다. 아무도 몰라줄 갖은 노고를 기울여 봤자 진정으로 깨끗해질 수 없다는 것이었다. 따라서 패배감에 젖은 채로 타협한 나는 안일한 방법을 이용해 케멕스를 닦을 수밖에 없었다. 주방 세제를 케멕스 안으로 짜 넣은 다음 뜨거운 물을 담아서 흔들다가 이따금 물을 싱크대로 비우는 것이었다. 이 방법은 나름대로 괜찮은 듯했다. 그러나 경험한 바로는 케멕스 안에서 커피의 잔향이 완전히 씻겨 내려가지 않아서 매번 커피를 내려 마실 때마다 이전보다 한층 덜 신선한 맛이 났다. 논리적으로 생각한다면 시간이 지남에 따라 커피의 신선한 맛은 기하급수적으로 하락할 것이었다. 때때로 나는 케멕스를 씻어 두는 걸 포기하고—큰 대가가 뒤따랐다—사용 후에는 그냥 물로만 헹군 뒤 다음 번 사용할 때 한 차례 더 헹구곤 했다.

수도꼭지 아래에 케멕스를 들이대고 있는 지금 나는 안을 물로 재빨리 헹군 뒤 싱크대에 물을 버렸다. 밑바닥에 남아 있는 마지막 물 한 방울까지 털어 내려고 케멕스를 흔들자 갈색 커피 자국이 반짝거렸다. 나는 케멕스를 내 얼굴로, 코가 입구 언저리에 닿을 정도로 가져다 댔다. 깊게 숨을 들이마셨다. 상한 커피 냄새가 났다. 나는 싱크대에 물을 튼 다음 케멕스를 한 번 더 헹궜다.

플라스크 위에 다시 필터를 올렸다. 이번에는 여과지의 고깔 모양 그대로 제자리에 자리할 수 있도록 손끝에 더 힘을 줬다. 나는 전기 주전자─95℃─를 바라본 뒤 들어 올려 필터 위로 원형을 그리며 물을 조금 부었다. 이로써 여과지는 표면장력으로 인해 고정되는 동시에 여과지 안의 침전물이 씻겨 내려갔다. 이런 식으로 침전물을 제대로 헹궈내지 않는다면 최종적으로 커피를 한 잔 또는 여러 잔 내렸을 때 오염된 맛이 났다.

물론 모든 게 다 상관이 없긴 했다. 내 케멕스 자체가 더러웠으니까.

집게 손가락으로 케멕스에서 필터를 빼내고 케멕스 안의 물을 싱크대로 흘려보냈다. 그리고 필터를 다시 플라스크 안에 넣었다.

찬장 옆 부분에 튀어나와 있는 커피 원두를 꺼내면서 나는 좌절감 어린 한숨과 동시에 떠오른 짧은 멜로디를 들릴 듯 말 듯하게 흥얼기렸다. 남은 원두의 양을 파악하기 위해 봉지를 흔들었다. 어제 산 것이었는데도 말이다. 나는 원두 봉지가 담겨 있는 얇은 박스의 덮개를 밖으로 젖힌 다음, 구겨 두었던 원두 봉지의 입구를 펼쳤다.

향기가 내 콧구멍 안으로 들어왔다. 입을 벌리고 잔뜩 고양된 표정으로 햇살을 받는 장면을 상상했다. 마치 지진을 겪듯 모든 것들이 햇살 아래에서 떨리는 광경을 상상했다. 냄새를 더 잘 맡으려고 코를 가까이 들이밀었다. 원두 향은 무척 풍부했다. 봉지를 흔들어 냄새를 다시 맡았다. 기계적으로 흔들고 냄새 맡기를 반복했는데, 초콜릿과 캐러멜 향이 섞인 향기를 들이마실 때마다 몸이 미세하게 떨렸다. 내게 저울이 없다는 사실을 한탄하며 계량컵이 절반가량 찰 때까지 원두를 부었다. 커피 내리기에 관한 레딧〔reddit, 소셜 뉴스 등을 공유하는 미국의 웹사이트〕의 서브 레딧〔sub reddit, 레딧에 올라오는 게시물은 게시판에 업로드 되는데 각각의 게시판을 서브 레딧이라 부른다〕에 따르면, 계량컵의 절반이 대략 24g이었기 때문이다.

원두를 그라인더에 옮긴 다음 버튼을 눌렀다. 그러자 무척 시끄러운, 솔직하게 말하자면 깜짝 놀랄 만큼 큰소리가 나서 곧장 바이올렛을 떠올렸다. 테러리스트가 공격하는 것 같은 소리였기 때문에 나는 날아오는 총알을 피해 몸을 웅크리는 상상을 했다. 소리 때문에 그녀가 깨어날까 봐 걱정됐다. 이가 서로 부딪히는 게 느껴졌다. 나는 그라인더 오른쪽 뒤편의 벽을 응시했는데, 그러던 중 뇌가 텅 빈 백지처럼 자기 안의 소실점 또는 내 앞의 벽면을 향해 멀어져 갔다. 소음뿐 아니라 바이올렛이 깨어날지도 모른다는 가능성과 그로 인해 비롯되는 죄책감에서 멀어지고 싶은 듯—갑자기 벽에서 손가락이 튀어나와 나를 향해 꼼지락거리는 상상을 했고 곧 손을 그라인더의 버튼 쪽으로 가져가 전원을 껐다—했는데, 그때 소음이 저절로 사라졌다.

　　몇 년 전 한 친구가 내게 자기가 모은 책들을 가져다준 적이 있었다. 내가 절대 읽지 않을 그 많은 책 중에는 『커피의 즐거움The Joy of Coffee』이 있었다. 그 책은 너무 넓적하고 커다랗기 때문에 책장에 깔끔하게 꽂힐 수가 없었고, 그래서 커피 테이블 위에 올려뒀다가 이따금 새로운 취미가 생기면 덜 우울해질지 모른다는 생각이 드는 날이면 펼쳐보곤 했다. 나는 그 책을 읽기로 했다. 그러나 첫 페이지를 읽고 나자 곧

바로 흥미를 잃어버렸다. 책의 단어들이 가지고 있는 의미를 내가 실제로 읽은 단어들과 연결 지어 이해할 수가 없었다. 모든 게 싫었다. 나는 사람들이 커피뿐 아니라 무엇이든 도대체 왜, 그리고 어떻게 좋아하는 건지 알 수가 없었다. 게다가 사람들이 도대체 어떻게, 그리고 왜 이런 책을 쓰는지 의문스러웠다. 그때 당시 나는 내가 관심을 기울일 수 있는 것이라고는 나 자신과 충동적인 욕망밖에 없다고 느끼고 있었다. 그 둘이 위축된 채 순환하고 있다고 말이다. 그건 마치 뇌가 내부적으로 상상을 펼칠 수가 없어서 외부로부터 뭔가를 활발하게 가져와야 할 것 같은 느낌이었다. 지금 이 커피 책의 경우와 마찬가지로 아무거나 닥치는 대로 집어 들었지만 소용이 없었다. 그래도 지난 몇 년간 이 책을 훑어보며 읽은 부분 중 하나가 기억났다. 그건 커피를 내리는 과정에 있어서 '블루밍'의 중요성이었다. 블루밍은 분쇄한 원두 위로 물을 조금 부은 뒤 대략 30초가량 기다리는 것이었는데, 그렇게 하니까 복합적인 풍미가 더욱 살아났다. 예상치 못한 승리를 거두듯 갈색 원두가 거품을 내며 화산처럼 솟아오르는 장면은 꽤 아름다웠다…….

조리대에 서서 나는 분쇄한 원두가 솟아오르는 걸 지켜봤다. 뜨거운 수증기가 내 콧구멍을 간질였다. "킁킁" 하고 나는 데이비드 린치David Lynch 감독의 영화 「블루 벨벳Blue Velvet」의 주인공을 떠올렸다. 나는 그 영화를 초반부만 봤는데, 그 초반부조차 전혀 마음에 들지 않았다. 내게는 타이머가 없었기 때문에―원래 쓰던 것이 망가졌지만 교체하지 않았다―주의 깊게 원두를 바라봤다. 원두가 솟아오르다가 멈추면 본격적으로 물을 부을 것이었다. 왼손으로 조리대를 받친 채 원두의 블루밍 과정을 편안하게 내려다봤다. 점점 부풀어 오르는 어둠 사이로 작은 기포가 마치 분화구처럼 떠올랐다가 어둠 속으로 다시 파묻혔다. 분쇄된 원두 밑으로 물이 스며들어 갔다. 깊게 숨을 들이쉬었다. 부엌을 둘러봤다.

나는 마치 지능이 높은 뱀처럼 길게 튀어나온 전기 주전자의 주둥이 덕에 물을 주의 깊게 부을 수 있었다. 팔 전체를 높게, 팔꿈치를 어깨보다 살짝 위로 들어 올리고 90°로 구부린 뒤 시계 방향으로 원을 그리며 물을 부었다. 중앙에서부터 작은 원으로 시작해 가장자리에 닿을 때까지 점점 더 지름을 키워 나갔다.

그러고는 수위가 너무 높아지면 잠시 멈췄다가 다시 중앙 쪽을 향해 물을 부어 나갔다. 물이 필터를 통과해 커피가 되어 플라스크 밑부분으로 가느다랗게 졸졸 떨어졌다.

갈색 액체가 떨어지는 소리에 나는 기쁨을 느꼈다. 그것이 뭔가를 연상시켰기 때문이었다. 나는 손에는 주전자를 쥐고, 마치 산들바람이 팔을 타고 기어오를 때처럼 소름을 느끼며 조리대에 서 있었다. 물을 더 붓고는 어둠을 마저 들여다봤다.

커피가 케멕스 안으로 떨어지는 소리는 바이올렛이 소변을 보는 소리와 완전히 똑같았다. 바이올렛의 오줌이 변기 안의 물에 튀는 소리는 나보다도 작았다(내가 변기의 한복판에 겨냥했을 때의 이야기다. 나는 대체로 변기의 가장자리에 조준했는데, 그렇게 하면 그 불쾌한 소리—오물이 물에 튀면서 보글거리는 소리—는 바이올렛보다 작게 났다). 나는 여러 남자의 오줌 줄기 소리를 들어 봤을 여성에게 내가 내는 소리가 비교적 약하다고 여겨질까 봐 신경이 쓰였다. 왜냐하면 어느 이성적인 사람이라면 소리가 작다는 건 성기의 크기도 작다는 것을 의미한다고 논리적으로 결론 내릴지도 몰랐기 때문이었다. 바이올렛이 내 성기를 수도 없이 봐 오긴 했어도 엉뚱한 생각을 심어 주고 싶지는 않았다. 그녀가 느끼는 나의 매력 포인트에 내 오줌발은 포함되지 않았으면 했다. 어떻게 하면 그럴 수 있을까?

컨디션이 좋은 날이면 나는 온 화장실에 소리가 울리도록 변기의 정중앙을 노렸다. 이렇게 조준을 할 수 있다는 것에는 특별한 뭔가가 있었다. 바이올렛은 조준할 수 없으니까. 이 점을 떠올릴 때면 나는 우쭐한 기분이 들었다. 여자들이 남자들보다 우월한 지점은 무수히 많았지만, 적어도 우리 남자들은 서서 오줌을 눌 수 있었다. 나는 물을 계속 부었고 커피는 계속 쪼르륵 내려갔다. 그때 나는 남자의 오줌 줄기를 두고 "초월의 호arc"라고 일컬은 한 에세이를 떠올렸다. 프로이트Sigmund Freud는 먼 옛날 남성들이 불을 오줌으로 끔으로써 여성에게 자신을 과시—여성들은 불가능했으니까—했다고 주장했다. 하지만 그 에세이에 따르면 여성은 신체적으로도 정신적으로도 완전한 존재였다. 여성은 상징적 미스터리였으며(성기가 비교적 숨겨져 있기 때문에) 모든 생명을 낳을 수 있는 막강한 힘을 가지고 있었다. 물론 땅에 쪼그리고 앉아 볼일을 보는 존재였지만 말이다. 반면 남성은 성기가 외부에 있는 탓에 조준법을 배우고 발사해야만 했다. 그 에세이가 주장하길 남성의 성기를 두고 비롯된 이런 근원적 은유에서 모든 문화, 과학, 철학, 수학—한 마디로 모든 문명—이 싹터 올랐다고 했다.

나는 오줌에 관해서라면 평생 내 기분에 따라 아주 조용하거나 아니면 가장 시끄러운 존재가 되고 싶어 했다. 어떨 때는 변기의 가장자리에 오줌을 누는 때조차 가장 시끄러운 존재가 되고 싶었다. 이런 식으로 바이올렛이 내 활약에 따라 오줌발 순위를 매길 수 없게 만들었다.

예전에는 아편 때문에 변기 앞에서 부적절할 정도로 오랫동안 서 있어야 했다. 오줌은 압착해야만 내 물건 끝으로 새어 나올 수 있는 뻑뻑한 액체 같았다. 말도 안 되지만 당시 나는 주변 사람들의 의심을 피하고자 변기 가장자리에 볼일을 봐야 할지 고민했다. 만약 오줌 소리가 들리지 않는다면 의심을 덜 받을지도 모르니까.

오하이오주에 있는 어느 코뮤니스트의 아트 갤

러리라 불리는 곳에서 열린 낭독회 행사 전에 오줌을 눠야 했던 때가 떠올랐다. 변기 앞에 족히 10분은 서서 거사를 치르는 데 몇 번이나 성공할 뻔했지만 사람들이 문을 두드려대는 통에 정신이 딴 데로 팔려, 나왔던 오줌이 도로 들어가고 말았다. 나는 결국 볼일을 보지 못한 채로 나왔고 낭독회 때 내게 주어진 마이크를 쓰지 않겠다고 마음먹었다. 대신 계속되는 요의 때문에 대형 스피커 위에 걸터앉아 몸을 앞뒤로 흔들며 낭독했다. 내 목소리를 들은 사람은 아무도 없었다. 그날의 낭독회는 완전히 망했다.

조리대에 서서 커피를 내리며 나는 그곳에서 일하던 갤러리 운영자를 떠올렸다. 그의 둥그런 얼굴과 깊은 곳에서 반짝거리던 눈을. 그러다가 팔이 희미하게 아파져 정신이 들었다. 나는 팔을 몇 번 흔들어 물을 마저 부었고 졸졸 흐르는 커피에 다시 한번 매혹되었다.

나도 안다, 사람은 다 다르다는 것을. 바이올렛과 나 역시 물론 달랐다. 하지만 이 다름을 어떻게 설명할 것인가? 경험을 기반으로 추론하는 게 언제나 최선의 방법은 아니었다. 나는 바이올렛이 오줌 누는 소리를 들었던 때를 구체적으로 떠올리려 했다. 그다음 내가 상상한 다른 사람의 오줌 소리와 비교하다가 기억해 낸 것인지 아니면 기억을 상상한 것인지 모르겠지만 어쨌든 내 첫 여자 친구가 그녀 부모님 댁의 부엌 쪽 화장실에서 소변을 보던 소리가 떠올랐다. 그러고 나서 1초도 안 되는 시간 동안 같은 화장실에 달려 있던 밝은 노란색 샤워 커튼에 내가 손을 닦던 장면을 떠올렸다. '오줌……' 하고 집중하려 애쓰면서 생각했다. 가장 최근에 헤어진 여자 친구의 오줌 소리 —우리 집 화장실 역시 부엌 옆에 있었다—를 떠올리려 했으나 기억이 나질 않아 마지못해 그만뒀다.

　　나는 때때로, 갑자기 그리고 아무 맥락 없이 미래에 있을지도 모를 말다툼에서 내 생각들을 정당화하고 변호해야 하는 상황을 상상하곤 했다. 이로 인해 뚜렷한 대상이 없음에도 방어적인 태도를 갖추게 되었다. 지금은 코뮤니스트의 아트 갤러리 운영자와 저녁 식사로 타코를 먹던 중 그가 꽤 공격적인 태도로 내게 왜 조던 카스트로를 좋아하냐고 물었던 장면이 떠올랐다. 우리는 조던에 대해 계속 이야기를 나누고 있었고 갤러리 운영자는 그에 관해 추상적이고도 공격적인 의견을 펼쳐 가던 중이었다. "그 사람은 그런 글을 왜 쓴답니까"라고 갤러리 운영자가 쏘아 물었다. "억압된 상태로 되돌아가고 싶은 것도 아니고……" 나는 "억압된"이라는 말을 듣자마자 귀를 닫고서는 타코를 내려다보며 씩 웃었다. 그가 말을 다 끝내자 창피한 노릇이지만, 나는 미약한 목소리로 이렇게 대답했다. "조던 카스트로가 뭘 원하는지 저도 잘…… 모르겠네요. 그냥 픽션을 쓰는 것 같던데요."

잠깐 정적이 흐른 뒤 코뮤니스트 갤러리 운영자는 헐뜯듯 이렇게 물었다. 조던 카스트로 같은 "보디 파시스트〔Body fascist, 자신의 체지방이나 근육량, 식단에 신경 쓰지 않는 사람들을 깔보듯 말하는 이를 일컫는다〕소설"을 "그냥 픽션"을 쓴다고 말할 정도로 지금 "멀리 가는 것"인지. 그의 흥분한 태도에 깜짝 놀라 나는 다시금 타코를 내려다보며 더 크게 미소 지은 뒤 그저 이렇게 대답했다. "네."

조던 카스트로의 소설 중 어떤 화자는 아마추어 보디빌더인데, 그 소설은 사회가 '유해한 남성성'에 심판을 내리고 있던 시기에 출간되었기 때문에 많은 이들로부터 "파시즘적", "원형 파시즘적", "지방

혐오증적" 또는 "당장 우리에게 필요치 않은 것"이라며 혹평을 들었다. 몇 주가 지나자 다음과 같은 제목으로 리뷰가 올라오기도 했다. "조던 카스트로 소설은 저희가 읽겠습니다, 여러분은 쉬세요", "조던 카스트로의 피트니스 특권." 이런 리뷰들은 책의 문학성보다는 몇몇 문장의 행간에서 읽어낼 수 있는 의미가 현실에 미칠 영향에 집중해 전개되었다. 트위터 유저들은 대부분 그 책을 읽지도 않았으면서 전염성 짙은 추상적인 용어들을 이용해 가며 화자를 넘어서 조던 카스트로까지 손가락질했다. 이에 따라 조던 카스트로와 화자 사이에 놓인 벽이 너무나도 얇아져 서로 구분할 수 없을 지경에 이르렀다. 소설에서 인용한 문장이 마치 화자가 아니라 조던 본인이 한 말인 것처럼 온라인을 떠돌았다. 전후 맥락 없이 각색되고 변형된 인용구들은 완전히 다른 의미를 생산해 냈다.

　코뮤니스트 갤러리 운영자와 마찬가지로, 나 역시 이런 논란에 관해 직접 확인하지 않았기 때문에 관찰한 것 또는 흘긋 본 것을 믿었다. 하지만 내가 가벼운 관심을 기울이고 있는, 특히 화가 나 있는 몇몇 작가들을 통해 이해하기로 조던 카스트로는 반동분자 또는 크립토-반동분자였고 그의 소설은 소설이 아니라 숨겨진 의도로 쓰여 오직 선하고 박식한 사람들만 이해할 수 있는 위험한 무기였다.

　비판 여론은 형성되자마자 눈덩이처럼 불어났다. 사람들은 다른 이가 말한 것이나 그의 캐릭터가 한 말, 그것도 심지어는 농담조로 한 말까지도 분별없이 트윗 해 카스트로와 관련시켰다. 웨이트 리프트 트레이닝에 관한 그의 소설은 나약해진 문화에 대한 니체적 응답을 풍자하는 것으로서 더 이상 받아들여지지 않았다. 그보다는 가부장적 가치와 심미성을 언명하는 것으로서 받아들여졌다. 어느 정도 바이럴된 트윗이었던 것 중 하나는 "체지방률이 일정 퍼센티지를 넘지 않게끔 정부가 국민을 강제해야 한다고 믿는 듯"이라며 카스트로를 비판했는데, 그 이유는 소설 속 인물 한 명이 그런 농담을 했기 때문이었다. 그의 최신작—나한테 배송 중이던, 마약 중독에 관해 일인칭 시점으로 서술한 소설—은 한 문학 출판사에서 출판을 거절당했다. 그 이유는 다음과 같았다. 모두가 마약 중독을 극복할 수 있는 것은 아님에도 그것이 모두에게 가능하다는 위험한 생각을 퍼뜨림.

이런 오해들은 마치 지도 위의 점—다른 점들은 그가 과거에 출간한 다른 책들, 인터뷰에서 말한 내용 등이었다—처럼 사용되었다. 사람들은 이 지도 위에 잘못된 인용이나 각색된 인용 등과 같은 점을 한 선으로 이은 뒤 카스트로의 작업물에 담긴 지배적인 정서를 한두 단어로 요약해 하나의 패턴으로 굳혔다. 여기에 의문 비슷한 것이라도 던지는 독자가 있을 시 그를 맹렬하게 공격해 자신의 도덕성을 의심할 수밖에 없게끔 만드는 일종의 도그마를 만들어 냈다.

카스트로는 이런 일을 겪은 유일한 사람이 아니었다. 그리고 나는 심심해서인지 혹은 병적인 호기심 때문인지, 아니면 실제로 문제의 작업물을 읽어 본 적이 없다는 것을 실감해서인지는 모르겠지만 어느 시점엔가 이런 개판이 벌어질 때마다 해당 작업물을 직접 읽어 보겠다고 의식적으로 결정을 내렸다. 그렇게 나는 카스트로와 예술 역사가가 나눈 대화를 최초로 읽게 되었고 결국 그의 팬이 되었다.

나는 조리대에 선 채로 저녁 식사 상대였던 코뮤니스트 갤러리 운영자를 떠올린 뒤 다시 그와 말싸움하기 시작했다. 코뮤니스트 갤러리 운영자의 질문—

아니, 힐난—에 적절히 대꾸할 수 있을 만한 말을 떠올리고자 조던 카스트로가 진행한 인터뷰나 그의 예술적 목표에 대해 온라인 데이터베이스를 훑어보듯 떠올려 보려고 했으나 생각나는 게 아무것도 없었다.

　나는 생각을 정리하던 도중 잠깐 허둥대고 말았다. 그때 저녁 식사 자리에서 코뮤니스트 갤러리 운영자가 질문한 내용을 이해하지 못한 척했지만 사실은 조던 카스트로의 첫 번째 소설에 관해 묻고 있다는 것을 알고 있었다. 그 책에 대해 평론가들은 가장 주연 격인 여성 캐릭터—화자의 여자 친구—가 평면적인 데다 나머지 여성 캐릭터들은 거의 물건처럼 등장한다고 했다. 비평가들은 조던 카스트로가 특정한 인생관—조던 본인이 스스로 지녔다고 주장한 적도 없고 심지어는 또박또박 반박하기까지 했다—을 지니고 있다고 주장했다. 코뮤니스트 갤러리 운영자와 마찬가지로 사람들은 이 문제로 조던 카스트로를 헐뜯었다. 그들 생각에 카스트로의 작품에 그려진 세계 또는 화자가 생각한 내용은 세상이 띠어야 할 모습과 너무나 달랐다.

　나는 코뮤니스트 갤러리 운영자의 얼굴을 상상

했다. 둥그렇고 잘생긴 외모(그의 성격과 인생관이 유감스럽다는 사실 때문에 잘난 외모도 사실 정나미가 떨어졌다)에도 불구하고 그때로 되돌아가 나의 화려한 언변으로 그를 압도하고 싶을 뿐이었다. 그는 그날 인간 본성에 대한 이야기를 꺼낸 뒤 그것을 부정하기도 했다. "세상에 인간 본성 같은 건 없어요"라고 그는 말했는데, "인간 본성"이라는 단어를 마치 중학생처럼 발음했다. 나는 그날의 저녁 식사 자리를 다시 떠올린 뒤 실제로 내가 했던 반박보다 훨씬 더 조리 있게 의견을 펼쳤다.

'우리에게 본성이란 게 있다면'이라고 나는 머뭇거리며 생각했다. '우리에게 본성이란 게 있다면, 우리는 그것과 싸워야만 합니다. 그렇지 않으면 우리가 이뤄 내고자 하는 게 무엇이든 결실을 거둘 수 없을 것입니다.' 나는 "그것과 싸운다"라는 표현이 내 입이 아니라 조던 카스트로의 입에서 나올 법한 말이라고 생각했다. '인간이 사회가 지시하는 프로그램을 수용하고 실행하는 단순한 컴퓨터나 텅 빈 소프트웨어가 아니라, 수백만 년에 걸친 진화 과정을 겪으며 생물학적, 심리학적, 역사적, 그리고 심지어는 영적인 본성까지 더해 너무나도 입체적인 면면—물론 사회적 의미도 포함해서—을 가지고 있는 존재라면, 상술한 지점을 도외시하는 이데올로기는 결국에 우리를 디스토피아로 이끌고 갈 뿐입니다…… 아주 치명적인 디스토피아 말입니다……'라고 분쇄된 원두에 물을 부으며 생각했다. 치명적인? 나는 또 한번 내 식사 상대인 코뮤니스트 갤러리 운영자가 나를 조롱하는 상상을 했다. 그러자 에릭이라는 또 다른 친구가 떠올랐다. 그와 다른 논쟁을 벌였던 식사 자리에서 그는 화가 머리끝까지 난 채 내게 "치명적이라고?"라며 되풀이해 물었는데, 여기서 치명적이라는 말은 내가 인구 조절 정책을 두고 표현한 말이었다. 나는 그 말을 하자마자 후회했고 앞으로 다시는 쓰지 않겠다고 다짐했다.

　나는 '조던 카스트로……' 하고 코뮤니스트 갤러리 운영자와의 식사 자리에서 내가 했던 말을 떠올리며 어느 지점부터 일이 꼬이기 시작했는지를 생각했다. 접시를 내려다보며 힘없이 미소 짓고 있던 나의 모습을 떠올렸다. 나는 종종 이런 나의 모습을 머릿속에서 재생시키곤 했다. 때로는 나의 모습이 자만심과 오만함—우리 둘 다 실제 조던 카스트로가 원하는 바를 몰랐던 데다 그가 픽션을 썼다는 것도 사실이었으니까—에 가득 찬 것처럼 보였을 수도 있겠다고 생각했고, 동시에 상대방의 의견이 너무나 터무니없어서 어쩔 줄 몰라 하는 자세로 읽힐 수도 있겠다고 여겼다. 하지만 시간이 지남에 따라 경험이 쌓이면서 새롭게 알게 된 것은 당시의 내가 부끄럼 많고 회피적인 성향을 지닌 사람으로 보였을지도 모른다는 것이었다. 나는 시간을 거슬러 올라가 코뮤니스트 갤러리 운영자를 그저 내게 주어진 새로운 문제로 보고 더 성숙해진 인생관과 갈등 상황에 대한 균형 잡힌 의지로 묵사발 내 버리고 싶다는 열망을 느꼈다. 조리대에 선 채 나는 다음과 같이 스스로를 위로했다. '내가 그때 말했던 것에는 아무 문제가 없어. 공격적으로 굴었던 것은 그놈이야. 그날 저녁 내내 계속 공격적이었잖아. 우유milk는 미국 좌파에게 아주 대승을 안겨주었죠〔여기서 갤러리 운영자가 'Milk'라고 한 것은 1950년대 미국 최초의 게이 정치인이자 나중에 민주당 의원이 된 하비 밀크Harvey Milk를 두고 이야기한 것으로 보인다. 하비 밀크는 성 소수자들의 권리 증진에 무척 힘썼는데 그가 암살로 살해당한 뒤 수십 년이 지나 오바마 대통령으로부터 훈장을 받기도 했다. 그러나 화자는 사람의 이름으로서의 'Milk'가 아니라 '우유milk'라고 알아들은 것으로 이해된다〕 혹은 **예술이 이런저런 권력에 저항하지 않는다면 그건 펑크가 아니죠 하면서.'** 그날 밤 나는 하루 신세 지기로 한 친구 집 거실에서 곤히 잠을 자고 있었다. 나중에 코뮤니스트 갤러리 운영자 역시 잠을 청하러 찾아왔다. 그는 자면서 몸을 뒤척였고 그때 그가 낸 코골이 소리는 내가 들었던 것 중 최악이었다. 그리고 나는 그런 코골이 소리에 잠이 달아나 버렸다는 불행을 겪을 수밖에 없었다(나중에 듣기로 그가 그렇게 코를 골았던 것은 척추에 박은 굵은 철심 때문이라고 했다).

케멕스 안에 있던 커피를 머그잔으로 옮기고―마치 변기 중앙에 내가 소변을 볼 때처럼 굵직하고도 곧은 줄기로 떨어졌다―소설 작업을 하기 위해 머그잔을 테이블로 옮겼을 때, 문득 옆 방에서 자는 바이올렛이 소변을 볼 때 내가 그녀와 같은 공간 안에 있었던 적이 없다는 사실이 떠올랐다. 오줌 소리가 달랐던 건

물줄기의 세기 때문이 아니라 그저 그녀가 있는 화장실과 내가 있는 방 사이에 문이 있다는 단순한 사실 때문일지도 모른다고 나는 생각했다. 우리 집의 벽이 얇긴 했지만 단단한 물체를 통해 전달된다는 것만으로도 음질은 충분히 변하고도 남았다. 소리의 근원지로부터 반대편에 있으면 항상 달리 들리지 않는가. 나는 머그잔을 입가로 들어 올려 조심스럽게 홀짝였다. 커피를 온전히 즐기기 전에 온도를 체크하기 위해 새끼손가락을 든 채 약간의 공기와 커피를 후루룩하고 흡입하는 나의 모습이 '얼간이같이 보인다'고 생각했다.

　　내가 노트북을 건드리자 화면에 불이 들어왔다. 로그인 한 뒤 인터넷을 켰다. 입천장과 축축한 내 혀 안쪽으로 커피 입자들이 밀려들어 왔다. 그 온도와 맛이 만족스러웠다. 또 한 모금 마시면서 무의식적으로 휴대폰을 꺼내 인스타그램을 켰다. 인스타그램을 끈 다음 노트북 옆 테이블 가장자리 쪽에 휴대폰을 내려놓고 이리저리 슬쩍 밀고 당기다가 밑으로 떨어뜨렸다. 이 짓을 두 번 더 하다가 손을 키보드로 가져가 검색창에 "doc"이라고 입력해 소설 파일을 열었다.

커피를 홀짝이며 처음 몇 문장을 읽었다. 미치고 팔짝 뛸 정도로 끔찍했다. 문장과 문장은 이어지질 않았고, 어감도 안 좋았으며, 무엇보다 재미가 없었다. 노트북에서 시선을 떼 거실 쪽을 바라봤다. 누군가 내 가슴을 짓밟고 있는 느낌 또는 허파 속으로 물이 가득 차고 있는 듯한 느낌이 들었다. 트위터를 열어서 트윗 몇 개를 읽었지만 아무것도 이해하지 못한 채로 트위터를 닫고서는 초점이 흐려진 눈으로 소설을 바라봤다. 새 탭을 열어, 또다시 트위터에 접속했고, 휴대폰을 들었다가 내려놓았다.

갑자기 몸이 텅 비었다가 꽉 차는 듯했다. 목이 너무나 가냘파서 머리의 무게 때문에 폭삭 주저앉아 결국에는 사라질 것 같았다. 아무것도 할 수가 없었다. 내 상황은 전적으로 트위터가 내리는 처분에 달린 기분이었다. 멍하게 절망감을 느끼며 스크롤을 내렸다. 이것이 바로 나의 삶이었다. 커피를 한 모금 홀짝였다.

트위터를 종료하고 소설 작업을 하고 싶었으나 팔다리가 뜻대로 움직이지 않았다. "으아아아아아아아악" 하고 소리 지르며 노트북을 집어 올려 벽에 내

던지는 내 모습을 상상했다. 망상 속의 거대한 근육이 꿈틀거리면서 스파크가 튀었다. 광고 하나—처음에는 개의 사진인 줄 알았지만 사실은 어떤 유리병 사진이었다—가 눈에 들어왔다. 내 상상력이 계속 어떤 어두운 힘의 속박으로부터 스스로를 해방하려 애쓰는 동안 나는 의식의 일부 또는 몸의 일부만 사용해 계속 트위터를 스크롤 했다.

나의 큼지막한 한 부분이 전원이 꺼진 것처럼 느껴졌다.

이건 지금 이 순간이나 오늘 아침에만 국한된 문제가 아니었다. 내가 선택했다기보다 면전에 들이밀어진 피드를 내리면서 아무 생각 없이 보내는 시간은 헤아릴 수도 없었다. 정말 말 그대로 이 지점에 대해서는 아무런 생각도 할 수가 없었다. 마치 트위터는 내 의식의 일부를 가져다가 무엇인지는 모르겠지만 쪽쪽 빨아먹고서는 흐릿하게 만든 뒤 웹사이트가 아닌 어떤 에너지장 안에 있는 것처럼 허공을 가로질러 내게 다가오는 동시에 나를 끌어당겨 나와 자신을 융합시킨 듯했다. 내가 상상한 대로 과연 의식은 뇌의 산물인가? 아니면 뇌 바깥에 있어서 뇌가 '연결되어야 하는' 무엇—여기에는 트위터도 포함되어 있다—
이란 말인가?

　　책을 읽는 동안 글자는 나의 눈을 통해 뇌로 들어온 뒤 그곳에서부터 마음속으로 들어오는 듯했다. 하지만 트위터에서는 트윗들이 곧장 내 안으로 들어오는 것 같았다. 트위터에서 스크롤 하며 트윗들을 '읽는' 동안 집중력의 절반 정도는 다른 데에 빼앗겨 있었기 때문에 트윗들 각각에 할애하는 시간은 그때그때 달랐다(0.1초, 몇 초 또는 1, 2분). 그동안에는 아무런 생각이 들지 않았고 혹은 생각의 형태로 경험하는 그 무엇도 기억하지 못했다. 애초부터 트위터에 접속하기 싫었다는 미약한 불만감은 계속 느꼈다. 어떤 때는 20분, 30분이 흘러갔는데도 내가 무엇을 봤는지 아니면 생각했는지 전혀 기억나질 않았다. 트윗을 읽고 싶어서 트위터를 클릭했던 게 아닐뿐더러 클릭해서 다행이라고 느낀 적도 없었다. 나 자신이 풍부해지거나 충족감이 들거나 유식해진 느낌을 받은 적이 없었다. 나는 대체로 스트레스를 받을 때 트위터를 클릭했다.

　　시계를 보니 오전 9시 31분이었다. 트위터를 껐

다. 휴대폰을 집어 들어 인스타그램을 켰다. 자기로 만든 스툴 위에 올려져 있는 던스 캡〔dunce cap, 낙제생들에게 씌웠던 고깔 모양의 모자〕 사진을 보고 엄지로 화면을 두 번 탭 하자 커다란 하얀색 하트가 사진 위로 나타났다가 사라졌다. 왼쪽 밑 모퉁이에 있는 하얀색 하트가 붉게 변했다. 피드 상단에 올라와 있는 스토리들을 보기 시작했다. 덤불 속에 있는 턱시도 고양이, 기다랗게 자란 잡초 사이에 서 있는 고양이 세 마리, 크루톤〔crouton, 식빵을 정육면체의 크기로 작게 잘라 설탕에 버무린 음식〕이 들어가 있는 종이봉투, 닌텐도 캐릭터인 프린세스 피치가 예수상처럼 팔을 활짝 벌린 채로 빙글빙글 돌고 있는 움짤이 붙은 청록색 와인 오프너 사진, "#FOOTBUBBLES"라는 텍스트가 적힌 알아볼 수 없는 이미지, "우리 동네에 살던 새끼 고양이가 과속 차량 때문에 여기서 세상을 떠났음. 안전 운전해라 애들아"라는 텍스트가 적힌 어느 길가에서 찍은 동영상, TV로 플레이 중인 어떤 풋볼 비디오 게임을 찍은 영상(공을 가지고 있는 플레이어가 공을 뺏으려 하는 플레이어의 태클을 피하기를 성공할 때마다 촬영자가 "실례하겠습니다"라고 계속 말했다), 랩이 시끄럽게 재생되는 녹음 스튜디오에서 비만인 남성이 조리대에 기대 서 있고 그 위로 활짝 웃고 있는 이모지가 붙은 영상, 소파에 늘어져 앉은 채로 다이아몬드가 박힌 시계와 목걸이, 반지를 카메라에 대고 자랑 중인 래퍼 거너Gunna의 영상, 트위티〔tweety, 루니툰스에 등장하는 노란색 새 캐릭터〕가 벽에 기대 서 있는 이미지 옆으로 합성된 러시아계 미국인인 팟캐스트 진행자가 "벽을 쌓아 봐, 그거랑 섹스할게"라고 적힌 티셔츠를 한 장만 입고 있는 사진, 다른 팟캐스트 진행자가 재게재한 드라마 「더 소프라노스The Sopranos」의 캐릭터들이 앞에 서 있고 "대마프라노스/대마나 피우고 잊어라"라고 적힌 티셔츠 사진. 나는 휴대폰의 홈 버튼을 두 번 눌러 위로 스와이핑 해 인스타그램을 종료했다. 커피를 홀짝였다.

나는 갑자기 '내 소설'이라고 생각하며 조심스레 마음을 굳혔다. 소설 작업에 집중하는 데 도움이 될 만한 뭔가를 떠올리려 했지만 아무것도 생각나지 않았다. '그냥 해'라고 나는 생각했다. 저스트 두 잇.

간명한 문장에 잠깐이지만 결정적인 힘이 솟았다가 이 문장이 나이키의 슬로건이라는 것을 깨닫자

―처음에 뭔가 이상하다고 느꼈다가 차차 생각이 났다―사라졌다.

나는 '저스트 두 잇' 하고 문장이 가진 힘을 다시 내게 붙어 넣으려 애썼다. 하지만 그저…… 나는 나약할 뿐이었다. 휴대폰을 집어 들어 인스타그램을 켜는 동안 커피를 홀짝였다.

'어쩌면 억지로 하려니까 더 안 써지는 것일지도 몰라'라고 생각했다. 그냥 긴장을 풀고 커피나 마시기로 한다면 모든 소셜 미디어에 대한 욕구를 몸 밖으로 배출할 수 있을지도 모른다고 생각했다. 커피를 마시며 에너지를 충전하는 동안 긴장을 풀고 나를 내 마음대로 하게 내버려 둘 것이다. 그러면 소설 작업에 진척이 있을 것이다. 나는 커피를 홀짝인 뒤 머그잔을 테이블 위에 내려놓았다. 던스 캡이 찍힌 사진을 다시 한번 지나쳐 스크롤 했다. 복도를 뛰어가는 작은 개 한 마리가 담긴 영상을, 아이스 브레이커 민트 사탕의 광고를, 숲속에서 벌거벗고 하프를 연주 중인 내 친구의 사진을, 꽃잎 옆에 놓인 여성의 속옷 위로 수북이 쌓인 클로나제팜〔항경련제의 일종〕알약 사진을, 가짜 수박 대여섯 개가 찍힌 사진을 지나쳤다. 그러다가 에릭이 올린 사진에서 스크롤을 멈췄다.

"나는 아이를 기르는 몇몇 친구들을 모두 응원해, 그들의 아이들도 모두 다 사랑하고"라고 게시물의 서두는 시작하고 있었다. "하지만 지금 시점 이후로 아이를 낳는 친구들이 있다면 응원하지 않을 거고 절교할 생각이야. 그냥 확실히 해 두고 싶어서 이야기하는 것임. 이미 세상에 나온 아이들은 모두 무척 사랑하지만 세상에 아이들이 더 늘어나면 안 될 뿐. 나는 아이들을 진짜 좋아함. 하지만 지금 이 숫자가 딱 완벽해."

나는 게시물을 보면서 '에릭······' 하고 생각했다. 유아적이었다.

'유아적'이라는 단어는 내가 자주 생각하는 단어가 아닌데도 떠올라 깜짝 놀랐다. 한편으로는 쥬브나일(Juvenile, 유아적인)이라는 래퍼가―강한 인지적 자극의 변두리에서 희미한 이미지로―떠오르기도 했다. 에릭의 게시물에 좋아요를 누른 사람은 일곱 명이었다. 그 목록을 보기 위해 클릭했지만 내가 아는 이름은 하나도 없었다. 마치 나를 저격하려고 올린 게시물 같았다.

157

1년 전쯤 에릭과 나는 아이를 양육하는 일에 대해 질 낮은 토론을 벌인 적이 있었다. 우리가 의견을 일치시키지 못한 이후로 에릭은 이렇게 공격적인 어조를 띤 게시물을 여러 번 올렸다. 과거에 나는 그에게 대화하자며 여러 번 이메일을 보냈지만 그는 거부했고 마지막으로 메일을 보냈을 때―그가 조던 카스트로를 좋아하는 사람들이 싫다는 내용을 트윗 한 직후였다―는 답장도 하지 않았다.

에릭을 만난 것은 2011년에 함께 알고 있는 지인을 통해서였다. 당시 그는 소설을 막 발간한 참이었고 나도 집필 중이던 소설이 있었기 때문에―내 것은 아직 출간되지 않았다―소개해 줬는데, 몇 년간 우리는 꽤 가깝게 지냈다. 세상을 대하는 아이러니한 태도와 거의 모든 일에 대해 이유 없는 증오심을 공유했기 때문이었다. 우리는 같은 것을 원했고, 같은 것을 두려워했으며, 같은 사람을 존경했다. 모든 것이 나를 적대시한다고 생각했던 시기에 에릭만큼은 역동적이고 웃긴 사람―멍청하고 잔혹한 세상에서 그는 자신만만했다―이었고, 언제나 미소 지은 채로 뻔한 이야기를 하며 뻔한 폭력을 행사하는 사람들과는 다르게 나를 종종 놀라게 했다. 나는 우리가 함께 문학 관련 행사장의 뒤에서 콧방귀 뀌며 서 있을 때나 랩을 들을 때, 떠오르는 대로 허튼소리를 주고받을 때면 덜 외로웠다. 나는 모든 것이 두려웠기 때문에 모든 것에 대해 비판적인 입장을 취했는데, 그건 에릭도 마찬가지였다. 우리는 각자가 알고 있는 사실을 서로 지지하는 쌍둥이 같았다. 우리의 삶은 비슷한 방향으로 나아갔고 점점 더 비슷해졌다. 에릭의 가장 친한 친구가 죽은 지 얼마 지나지 않아, 내 가장 친한 친구도 죽었다. 휴식기를 마치고 다시 글을 쓰기 시작하자, 에릭 역시 휴식기를 마치고 다시 글을 쓰기 시작했다. 에릭이 술을 끊은 대신 사이키델릭 환각제를 먹기로 한 무렵, 나 역시 약을 끊었다. 에릭은 우리가 "융합되어 있다"고 농담한 적이 있었다. 이 말은 그가 가지고 있던 모자에서 따온 것이었다. 내가 가지고 있는 플로리다 머그잔의 글씨체와 비슷한 글씨로 "융합"이라고 적혀 있었기 때문에 나는 우리가 친구로 지내던 몇 해간의 시간을 융합의 해라고 생각하게 되었다. 그리고 이에 앞서 에릭이 내세운 융합된 논평으로 인해 우리가 갈등을 겪었기 때문에 더 신기한 노릇이었다.

소설 작업을 하고 싶다는 마음은 희미해졌고 에릭의 소설에 대해 생각했다. 그리고 처음에는 그의 소설을 향했다가 나중에는 내 소설을 향한 경멸 어린 통증을 느끼고는 곧 그 경멸을 외부의 문학계, 적어도 온라인상의 문학계에 투사했다. 에릭이 쓴 소설의 주인공은 에릭 자신을 모델로 해서 만든 인물로, 뉴욕에서의 삶을 휘청이며 살아가고 있었다. 이곳저곳 전전하며, 이 생각 저 생각을 했다가, 이 기분 저 기분을 느꼈다. 근본적으로 생명력이 느껴지지 않는 책이었다. 비평가들은 이 소설이 기득권의 공허함을 잘 짚어 냄으로써 기득권을 비판했다는 찬사를 던졌다.

심지어 한 비평가는 에릭의 소설에 묘사된 "기득권적 삶"의 "아둔함"에 대해 이야기하기도 했다. '문학계가 하는 일이라는 게 바로 이런 거라니까'라고 나는 스스로에게 상기시켰다. 바보 같은 이유로 바보 같은 소설에 찬사를 던지니 말이다. 모든 소설은 에릭의 소설과 마찬가지로 소설로서 실패했지만 소설을 읽고 싶어 하는 사람은 아무도 없었기 때문에 이를 눈치챈 사람 역시 아무도 없었고, 심지어 그들은 실패에 절망하기보다 크게 기뻐했다. 마치 벽에 머리를 하도 박아 대서 미치고 만 사람처럼 말이다. 여기서 벽에는 에릭의 소설 역시 포함되었다. 모든 리뷰가 그 책의 문학성을 제외한 부분에만 초점을 맞추고 있었다. 이것은 정치적, 역사적, 사회적 문서 또는 철학적 고찰 등등이라고 말이다. '만약 소설이 아니라 다른 무엇으로 취급될 것이라면 굳이 문학이어야 할 이유가 어디 있단 말인가'하고 나는 궁금해했다.

에릭의 게시물을 다시 봤다. 나는 '에릭' 하고 경멸적으로 생각하며 화면에 뜬 '지금 이 숫자가 딱 완벽해'라는 문장을 읽자마자 심박수가 올라가는 게 느껴졌다. 정말 이해할 수 없는, 완전히 이해할 수 없는 정서였다. 에릭이 움찔거리며 "이 숫자가 완벽"하다고 웅얼거리는 모습을 상상하다가 에릭은 멍청이라는 분명한 결론에 도달했다. 나는 이전에도 이렇게 아무것도 모르는, 솔직히 말하자면 멍청한 생각을 접한 적이 있었다. 물론 나 역시 삶의 일정 구간—주로 융합의 해—에서는 그런 의견에 동의했지만 부엌 식탁에 앉아 있는 지금은 에릭의 말도 안 되는 멍청함에 불편한 감정을 느꼈다.

나는 스크롤을 조금 더 내려 이전에는 잘 보지

못했던 사진들을 봤다가 다시 스크롤을 올려서 에릭의 게시물로 왔다. 에릭이 아이를 갖는 일 전반에 반대하는 것은 아이러니하게도 그가 유아적인 인간이기 때문이라고 나는 생각했다. 유아적인 사이비 환경보호주의와 사이비 인도주의, 사이비 평등주의를 내세워 아이를 가져선 안 된다―물론 아이 문제 이외에도 해당하는 이야기다―는 것이었는데, 에릭의 아동혐오에는 위의 세 가지 이념이 모두 포함되어 있었다. 물론 그래 봤자 단순한 허무주의였지만 말이다. 에릭과 같은 부류의 사람들은 다 그랬다. 그리고 에릭은 허무주의의 결과로 인해 삶을 지속시킬 가치가 있다고 받아들이지도 이해하지도 못했다. '이 숫자가 완벽하다니……' 라고 나는 생각했다. 에릭은 언제부터 소설가이길 멈추고 아이들의 숫자가 완벽한지 아닌지를 가르는 판별사가 된 걸까?

　　내가 "치명적인"이라는 단어를 사용하고 말았던 그리고 에릭에게 왜 자살하지 않는지를 물었던―특히 만약 그의 주장대로 "자발적 멸종"만이 유일한 "윤리적 해결책"이라면(무슨 문제의 해결책인지는 명시하지 않았다)―논쟁을 떠올렸다. 자살만이 그가 가진 인생관의 논리적 결말이었다. 그의 말에 따르면, 그가 자살하지 않은 유일한 이유는 자신이 "이기적" 이기 때문이었다. 일찍 떠올랐다면 좋았겠지만 나중에 가서야 떠오른 이유는 비록 그가 자신을 이기적이라고 하긴 했어도 그게 그가 가진 모든 면모를 반영하지는 않는다는 점이었다. 에릭은 자신이 자살하지 않은 이유는 하나밖에 없다고 이해하고 있었지만 사실은 더 많은 이유가 있었다. 단지 이기적이라는 이유 하나만을 보고 싶어 했을 뿐이었다. 다른 이유까지 인정한다면 지금 존재하는 아이들의 숫자가 완벽하다고 여기는 그의 관점은 터무니없이 전락해 버릴 테니 말이다. 만약 에릭이 스스로 삶의 어떤 면은 선하다고 여길 때도 있다는 것을 에릭 본인이 인정했더라면 그리고 그 결과를 진심으로 숙고했더라면 이에 비롯된 책임감과 위험성을 감수할 수 있었을 것이다. 에릭은 바뀌었을 것이다.

나는 그의 요지가 사람들이―특히 제1세계 사람들이―자원을 많이 소비한다는 점이었음을 떨떠름하게 떠올렸다. "이런 세상에 더 많은 아이를 데려와서는 안 되지. 다른 사람들이 벌써 굶주리고 고통받고 있잖아"라고 그는 대수롭지 않다는 듯 음절과 음절 사이를 늘리고 단어 간의 정적을 길게 끌며 말했다. 그는 극적으로 보이기 위해서 잠시 멈춘 다음 아이스티를 마시고 치즈 오믈렛을 크게 한 입 베어 물었다. 그리고 입에 음식이 가득한 채로 말을 이어 나갔다. "이미 세상에 이렇게나 고통이 만연한데 또 다른 생명을 세상에 데려오는 건 안 될 짓이야. 특히 그 고통이 불공평하게 분배될 때 말이야. 게다가 새로 태어난 아기 역시 고통받을 걸"이라고 그는 말했다. 고통을 초래하는 일은 옳지 않다는 것이었다.

'우와, 에릭은 늘 도발적인 나르시시스트였구나'라고 나는 부엌 식탁에 앉아 생각했다. 에릭이 불평등과 고통이 세상에서 제일 중요한 사안이라고 생각했던 건 그가 이외에 대해서는 아는 게 없기 때문이었다. 사람이 늘어날수록 해악이 늘어날 것이라 생각한 지점 역시 그가 인간을 혐오하기 때문이었다. 그날의 저녁 식사가 내게 일러 준 게 있다면, 그의 관점은 아주 일부분의 역사와 관련되고 아주 일부분의 미디어를 기반해 순전히 자기중심적으로 형성되었다는 것이다. 그가 다룬 역사 역시 유달리 부유하고 평화로운 시기였기 때문에 에릭도 무식하고 철이 없던 것이다.

나는 커피를 홀짝이고 나서 앞에 벽을 멍하게 바라봤다. 미간을 찌푸렸다. 에릭과 말다툼하는 상상을 하며 내 생각을 완전한 문장형으로 읊었다.

나는 '제1세계 사람들은 환경을 파괴해'라고 에릭을 흉내 내며 생각했다. 에릭의 아동 혐오는 환경은 물론이고 자기 자신과도 아무런 상관이 없었다. 에릭이 환경에 관해 아는 것이라고는 아무것도 없었다. 그는 뉴욕에 살면서 자연에서 시간을 보내 본 적이 없었다. 그의 삶을 통해 내릴 수 있는 결론은 에릭이 때때로 바닷가에서 빈둥거리며 시간을 보내는 것을 제외하면 자연을 싫어했다는 것이고 자연을 자기 자신으로부터 분리한 다음 전력을 다해 파괴하고자 한다는 점이었다. 에릭은 자기 자신만을 생각했고 그가 맺어 온 모든 관계를 망치면서 삶을 살아왔다. 술에 취하고 마약을 하며 타인에게 상처를 줬다. 에릭의 아동 혐오와 연관성이 있는 것은 무엇보다도 바로 이런 지점일 것이다. 나는 충동적으로 새 탭에서 구글 문서 창을 연 다음 잔뜩 화가 난 채 타이핑하기 시작했다.

"사람들이 가진 의도를 파악하는 방법 중 한 가

지는 그들의 행동 결과를 살펴보는 것이다"라고 타이핑했다. 말과 행동 사이에, 신념과 실제 사이에 지독한 간극이 있다면 우리는 우리가 뱉는 말들을 믿을 이유가 없다. 우리 시대의 숱한 작가들과 마찬가지로 에릭은 그의 상상 속에서만 존재하기에 다른 이를, 아니 외부적인 존재를 맞닥뜨렸을 때 무너지고 말 것이다. "따라서 그는 세상이 자신의 기형적인 사상에 위안을 가져다주지 못한다는 이유로 세상을 비난하고 손가락질한다"라고 나는 썼다. 지금 있는 아이들의 숫자가 완벽하다고 한 이유가, 인류에게 미래가 없다고 한 이유가 바로 이것이었다.

나는 에릭의 융합 모자를 상상하며 "에릭은 나르시시스트다"라고 썼다. "에릭은 무능한 나르시시스트다"라고 타이핑했다.

나는 커피를 홀짝인 뒤 휴대폰을 테이블에서 집어 들어 검은 화면에 비친 내 모습을 흘끗 봤다. 그리고 휴대폰 밑부분에 있는 홈 버튼을 누른 뒤 비밀번호를 입력하고 에릭의 인스타그램 게시물을 봤다. 여전히 화면에 비치는 내 모습을 볼 수 있었다. 커피를 한 모금 더 마시며 두상의 모양을 자세히 살펴보다가 갑자기 에너지가 터져 나오는 것을 느꼈다. 새 소설을 시작할 수 있었다! 나는 내가 에릭에 관해 쓴 내용을 살펴봤다. 그냥 에릭 흉을 잔뜩 보는 내용으로 채우면 되는 것이었다. 내 버전의 『벌목꾼Holzlällen』을 쓰면 되는 것이었다.

토마스 베른하르트Thomas Bernhard가 쓴 『벌목꾼』은 내가 좋아하는 소설 중 하나였다. '현대판 벌목꾼이 나온다면 정말 괜찮겠는데'라고 생각했다. 나는 열기에 사로잡힌 채 휴대폰 속 에릭의 게시물을 흘긋 봤다. 오른쪽 다리를 몇 번 튕기다가 발꿈치를 바닥에 내려놓고 다시 노트북으로 주의를 옮겼다.

"내가 마지막으로 뉴욕에 가서 에릭을 만났을 때, 그가 '이제 더는 읽을 수가 없어'라고 말했다"라고 타이핑했다. 얼굴에 미소가 번져 나왔다. 나는 스탠드 하나만 켜져 있는 어두컴컴한 방에서 책에 쓰인 단어의 사전적 의미를 이해하고자 얼빠진 표정을 짓고 있는 에릭을 상상했다. '경찰을 죽여.' 즐거움에 차서 나는 생각했다. 갑자기 벽에 붙어 있던 "경찰을 죽여"라는 말이 적혀 있는 그림과 포스터를 떠올렸다.

"에릭은 늘 공권력에 불만이 많았다"라고 나는

썼다. 에릭은 항상 공권력이 지닌 권력은 임의적일 뿐이라고 여겼고 그 존재 자체에 모욕감을 느꼈다. "에릭에게 있어서 모든 건 결국 권력의 문제다"라고 타이핑했다. 왜냐하면 에릭이 그 무엇보다 추구하는 게 다름 아닌 권력이기 때문이다. 에릭은 경찰을, 부모를, 선생을, 심지어는 소방관까지 무차별적인 열성으로 증오한다. "에릭은 철학, 과학, 종교와 예술을 증오한다"라고 마저 적어 내려갔다. 비록 에릭 역시 무수히 많은 수업을 진행하고 나보다 많은 수업을 들었음에도, 그는 학교를 증오했고 교육을 증오했다. 배움이 가진 성질 그 자체를 증오했다. 왜냐하면 뭔가를 배우려면 자신이 모른다는 사실을 인정해야 했던 데다 과거 사람들의 의견에 따라야 했기 때문이다. "문학에서 전복을 꾀하고자 하는 숱한 이들과 마찬가지로 에릭은 항상 손에 빨간 펜을 들고 책을 읽어 온 사람이었다"라고 타이핑했다. 비록 그는 아무것도 모르는 척하고 있긴 하지만―실제로 그렇게 말할지도 모른다―그가 내비치는 행동은 그의 신념과는 상반되어 있었다. 에릭은 그가 이해할 수 없는 것들이 지닌 모든 가치를 맹렬하게 부정―특히 그것이 그가 중요하다고 생각하는 차원에 영향을 미칠 때—하고 마치 다른 사람이 한 말처럼 느껴질 정도로 평소 뱉는 말과는 너무나 상이하게 공격적인 어조로 자신이 옳음을 고집한다.

에릭은 자신이 모든 것에 관해 옳다는 듯 군다. 실제로는 모든 것에 관해 틀렸으면서 말이다.

나는 『벌목꾼』 같은 소설을 쓸 수 있을지도 모른다는 기대감에 잔뜩 부풀어 올랐다. 마치 정신적 역병처럼 동료들을 감염시켰던 특정 인생관을 통렬히 비판하면서 콕 집어 말하긴 어렵지만 에릭을 비롯해 내가 혐오하는 사람들을 잔뜩 흉볼 작정이었다. 이 역병은 소셜 미디어와 대학에 만연했고 그 증상은 깊게 사고하는 능력과 진솔한 이야기를 하는 능력 그리고 역병에 저항하는 사람 또는 사상과 교류하는 능력이 결여되는 식으로 나타나 다른 무엇보다도 심각한 뇌 손상으로 여겨졌다. '『벌목꾼』……'이라고 나는 커피를 마시며 생각했다. 아아, 그래, 나의 『벌목꾼』. '반복'이라는 단어 하나로 이루어진 생각을 했다. 사실 그 기저에는 베른하르트가 최면적이고 리듬감 있는 효과를 성취하기 위해 의도적으로 사용한 반복 기법을 내가 차용해도 될 듯하다는 생각이 깔려 있었다. 나는 타이핑한 내용을 살펴보다가 행갈이나 문체에 대해서는 일단 생각하지 말자고 다짐했다. 탄력을 받았을 때 쭉 써 내려가고 싶었다. 지금까지 쓴 내용을 읽고 멈췄던 부분부터 다시 써 내려가기 시작했다.

"에릭은 반직관적인 것, 모순된 것, 진짜로 노력해야 하는 것이라면 무엇이든 무시하는 태도를 보인다"라고 나는 타이핑했다. "그는 두려움에 차 있으며 독선적이며 게으르다. 에릭은 두려움에 차 있다." 나는 "에릭은 두려움에 차 있다"를 지우고 손을 키보드에서 뗀 뒤 화면 위에 떠 있는 한 뭉치의 텍스트를 보며 한숨을 내쉬었다. 벌써 뭔가를 해낸 것 같은 기분이 들었다. 나는 마치 병든 문어가 힘없이 촉수를 펼치듯 '반복'이라고 생각했다. 하지만 조금 전까지 문체에 대해 생각하지 말자고 했기 때문에 '아니야' 하고 스스로를 채찍질했다.

"에릭은 나르시시스트다"라고 썼다. "젊은 소설가로서 어느 정도 성공을 거뒀지만 그가 바랐거나 예상했던 대로는 거두지 못한 에릭은 이런 생각이 머릿속에 똬리를 틀고 자신을 잠식하도록 내버려 뒀다"라고 타이핑했다. "에릭은, 약간의 성공은 거뒀지만, 충분히 거두지는 못했기 때문에, 약간의 성공으로 인해 마치 양말처럼 구겨졌다"라고 썼다. "에릭의 머릿속에서 자신은 커리어의 정점을 향해 솟아오른 상태였다. 그러나 현실을 마주했을 때, 그는 자신을 인정하지 않는 세상을 증오하며 밑바닥으로 곤두박질쳤다. 그 상처는 혼자 있을 때나 마약을 복용할 때만 치유되었다"라고 나는 마저 써 내려갔다.

　　"그래서 바뀌는 대신 그는 차라리 무너지기를 선택했는데, 이는 한마디로 그가 같은 상태로 남아 있길 고집했다는 뜻이었다"라고 타이핑했다.

　　"자신이 여태 만든 작품 속의 방어기제를 마주하게 되거나, 자신이 숨기고 있던 것은 놓아 버리고 앞으로 나아가 완전히 다른 사람이 되거나 아니면 도망가 더 깊은 망상의 골로 떨어지는 일은 예술가가 살다 보면 한 번쯤은 겪는 일이었다"라고 썼다. 에릭은 동시대 주류 문학의 흐름에 몸을 맡겨 나락으로 떨어지기를 선택해 허무감에 마비될 때까지 "방어기제"와 "를"과 "마주하다"라는 단어의 의미를 골똘히 분석했다. 결국에는 허무를 메우기 위해 생각 없이 어떤 이데올로기를 되풀이하는 앵무새가 되었다.

'이런 사례들은 참 많지' 하고 나는 문학계 사람들을 흐릿하게 떠올렸다. 그들은 허무를 맹목적으로 숭배하거나 억제되지 않은 욕망으로 그것을 메우려 했다. 그러나 대다수는 이데올로기라는 모래알로 허무를 메우려 한다고 생각했다. 나는 에릭이 어느 겨울 세 달간 사귀었던 전 여자 친구를 떠올렸다. 그녀는 그를 더 안 좋은 방향으로 영원히 바꿔 놓은 듯했다. 그녀는 그보다 훨씬 어렸는데 그녀가 오벌린 대학 졸업생이라는 걸 제외하고 내가 유일하게 알고 있는 사실은 그녀와 키스하면 입이 무척 건조해진다는 점이었다.

"에릭이 그 어린 오벌린 졸업생과 사귄 이후로 그는 이전과는 딴판이 되었다"고 나는 썼다. 에릭의 허무주의는 오벌린을 졸업한 젊은 여자와 사귄 이후로 달라졌다. 이전에는 모든 것과 모든 사람을 향해 무차별적인 비난을 퍼부었다면, 지금 에릭은 문과대학 출신의 전 여자 친구라는 렌즈를 통해 봤을 때 확실히 증오를 정당화할 수 있는 경우에만 미워했다. 마치 여자 친구가 아니라 안경 하나를 낀 듯했고, 그녀와 데이트하는 게 아니라 마치 그녀를 자기 얼굴에 씌어 모든 것을 그녀를 통해 보는 듯했다. 에릭의 전 여자 친구는 '인종차별', '가부장제', '특권' 등의 새로운 의미를 그에게 알려 주었고, 그 역시 획득한 새로운 의미에 힘입어 더 꼴통이 되었다. "에릭은 여전히 모든 것과 모든 사람을 증오한다. 다만 지금은 그것을 정당화하는 기제로 인해 도덕적 우월감을 느낄 뿐이다"라고 나는 썼다. 에릭은 늘 자신이 증오하는 사람들 틈에 자신을 끼워 넣었기 때문에 오벌린에서 새롭게 시작한 허무주의를 두 배로 매력적이라고 여기게 되었다. 외부를 마음껏 증오의 대상으로 삼는 동시에 자기 자신 역시 증오해도 되었다. 물론 자기애에서 비롯된 자기혐오였지만 말이다. 아무튼 이 모든 걸 불행한 사람들 편에 선 싸움꾼이라는 가면을 쓴 채 행할 수 있게 된 것이었다!

　"에릭은 얼렁뚱땅 만들어 낸 이념으로, 어떤 종류의 고통은 세상에서 뿌리 뽑을 수 있다고 믿는다"라고 나는 썼다. 하지만 에릭은 실제로 뭔가를 배워 본 적이 없있기 때문에 그가 아무리 좋은 의도가 있다 하더라도 뭔가를 실제로 개선할 가능성은 희박—

좋게 말한 것이다─하다. 에릭의 얼굴과 머리카락을 떠올렸다. 개기름 흐르는 멍청이다! 나는 미소를 지은 채 깜짝 놀랐다. "에릭은 개기름이 좔좔 흐르는 멍청이다!"라고 타이핑했다.

　　나는 여전히 씩 웃고 있는 채로 "에릭은 개기름이 좔좔 흐르는 멍청이다!"라는 문장을 지웠다.

　　"에릭은 세상의 고통받는 다른 이들, 특히 아이들을 생각한다면 자신의 친구들이 아이를 낳지 않길 바란다"라고 역겨움을 느끼며 타이핑했다. 나는 이전에 읽었던 막스 셸러Max Scheler의 책이 기억났는데, 책에는 "네 이웃을 사랑하라"로부터 "인류를 사랑하라"로의 전환에 대해 적혀 있었다. 이런 전환은 셸러에게 있어서 폭력적이었다. 강요되는 선망이기 때문이었다. 특정한 개인을 사랑하기란 어려워도 가능했다. 하지만 '인류'를 사랑하기란 말 그대로 불가능했다. 누군가 '인류를 사랑'한다 쳐도 자기가 아는 모든 사람을 증오하는 것 또한 가능했다. '환경을 사랑'하는 것에 있어서도 이는 마찬가지였다. 실재하는 사람을 사랑하는 일로부터 추상적인 존재를 사랑하는 것으로의 전환이란, 실제로는 사랑이 증오로 전환되는 일이었다. 에릭은 인류를 사랑하지 않았다. 에릭은 그저 자신의 이웃을 증오했을 뿐이었다. 그는 '아이들'을 사랑하지 않았다. 그저 아이들을 증오하고 이보다 더 많은 아이가 존재하지는 않길 바랐을 뿐이었다.

문과대 출신인 전 여자 친구의 뒤를 따라 에릭은 그의 삶 속에 자리 잡고 있는 사람들을 향한 무능한 증오로 가득 차 있었기 때문에 '불우한 이들'을 사랑하는 수밖에 없었다. 그러고 나서 그 불우한 이들을 사랑하는 태도를 사람들의 머리를 펠 새로운 방망이로 삼았다. 순도 100%의 허무주의라는 오래된 방망이를 버리고.

이가 꽉 맞물려 있는 채로 나는, 지금, 이 순간에, 아이들이나 삶을 향한 사랑 때문이 아니라 에릭을 향한 나의 감정이 나를 추동하고 있다는 사실—왠지 일종의 경쟁심 비슷한 것에 사로잡혀 완전히 몰입한 것 같았다—에 대해 생각했지만 곧바로 이 생각을 마음 한구석으로 몰아넣어 쉴 새 없이 움직이는 손가락을 멈추지 못하도록 조치를 취했다. 나는 어찌 됐든 뭔가를, 작업이라는 것을 이뤄 내고 있었기 때문이었다.

"에릭이 오벌린이라는 마약에 취하고 나서 그는

자신이 바뀌었다고 생각했지만 실제로는 사람들 머리를 두드려 패는 방망이만 바꾼 것에 불과했다"라고 나는 마저 적어 나갔다.

'좋아.' 나는 만족스럽게 생각했다. 내가 마침내 작업을 하고 있었다.

나는 자그마한 방망이로 사람들의 머리를 콩콩 때리는 에릭의 모습을 그려 봤다. 제대로 고통을 안겨다 주기에는 가느다란 팔이었지만 짜증스럽기는 매한가지였다. 자전거를 타고 등교해서 누가 먹다 남긴 도넛을 찾아 쓰레기통을 뒤지며 마르크스Karl Heinrich Marx나 엠마 골드만Emma Goldman 등을 읽으며 정치적 의견을 형성했던 내 사춘기 시절도 떠올렸다. 당시 나는 펑크 밴드에서 활동하며 내 친구들과 여자 친구들에게 자본주의에 관한 일장 연설을 펼치곤 했다.

"에릭 같은 어떤 사람들은 태어난 순간부터 삶으로부터 배척당한다"고 나는 내 사춘기 시절을 떠올리며 타이핑했다. 에릭 같은 사람들에게 있어 정치적 의견이란 것은 타인을 돕고자 하는 의지보다는 뭔가를(에릭의 경우에는 모든 것을) 공격하고자 하는 내재된 결핍에 의해 생겨났다. 에릭이 우선 공격했던 것은 그의 부모였다. 그리고 세상을 공격했다. 그 뒤로는 친구들을 공격했다. 마지막으로는 나를 공격했다. "에릭은 16살 이후로 줄곧 어마어마한 생떼를 부리고 있었다"라고 썼다. 한마디로 그는 무엇이 옳고 그르며, 사람들에게 무엇이 이롭고 해로운지 아는 똑똑이가 되었던 것이다!

　　타이핑하고 있으니 기분이 좋았다. 내가 상상했던 일기를 적어 내려가는 기분 그 자체였다. 물론 나는 일기가 아니라 소설을 쓰고 있는 것이었지만 말이다. 마침내 나는 소설을 쓰고 있었다. 신작을 출간했을 때를 상상하다가 희한한 노릇이었지만 곧바로 만약 내 『벌목꾼』 소설이 잘 안 팔려서 전혀 내키는 일은 아니었던 때때로는 망상을 펼치곤 했던 교단에서 학생들을 가르치는 일자리—나는 학사 학위도 없었다—도 물 건너간 후의 경제적 능력을 가늠해 보기에 이르렀다. 나는 멍하니 화면에서 시선을 옮긴 뒤 『벌목꾼』 소설이 잘 팔리지 않을 게 거의 분명한 이 상황에서 뭐로 벌어 먹고살지 고민했다. 학사 과정을 마치고 대학원에 갈까? 다른 일자리를 구할까? 나는 임울하게 육체노동을 낭만화—최소한 공사장에서는 관료

주의에 찌든 악귀도 없겠지만 인부들은 내 소설에 관심이 없을 것이었다―하다가 내가 그런 일자리를 싫어한다는 사실을 기억해 냈다. 처음 마약을 끊고 나서 목조 가옥 건설업체에서 인부로 일했을 때 빙판에 미끄러져 승강기 통 속으로 떨어지는 상상을 매일 했다.

바이올렛도 그렇고 나도 아이를 기르고 싶었기 때문에 미래의 가족을 위해서는 양육비를 감당할 수 있거나 적어도 어느 정도는 보탤 수 있을 만한 고수익의 일자리가 필요했다. 별로 가망이 있지는 않지만 『벌목꾼』이 나를 베스트셀러 작가로 만들어 주지 않는다면 안정적인 수입이 들어오는 일자리를 구해야 했다. 나는 현재 내 삶의 지위에 분노를 느끼고는 더 나은 선택을 내리지 않았던 것에 대해 후회했다. 내게 어울린다고 여기는 노동의 양이 물리적인 무게로 내 어깨 위에 올라와 있는 것만 같았다. 카페인도 직방으로 어깨에 흡수―"슈욱" 하고 스며들어 근육을 마비시켰다―되어 더 경직되는 듯했다. 나는 한숨 쉬고 커피를 홀짝인 뒤 에릭에 대해서 더 쓰자고 마음을 다잡았다.

"나이 먹고 잘못된 인생길을 택한 건 아닐지 되

돌아보는 일은 무서운 일이다"라고 나는 썼다. 에릭이 성공적으로 아이를 가지려면 바뀌어야 할 것들이 너무나 많다. 에릭이 도덕적 입장이라고 여기는 것 중 얼마나 많은 것들이 불만족스러운 삶에 대한 정당화일까? 에릭은 큰돈을 벌 능력도 없으면서 부자가 되는 것도 부도덕하다고 생각한다. 에릭의 몸은 허약하면서 폭력을 행사할 수 있는 능력을 지니는 걸 옳지 못하다고 여긴다. 에릭은 아이를 기르기엔 정서적으로 너무나 미숙한데 아이를 갖는 일 자체를 옳지 않다고 생각한다. 나는 억만장자가 후원하는 독립 출판사에서 원고를 거절당한 에릭이 해당 출판사에서 책을 출간하게 된 작가들을 트위터에서 공격하기 시작했던 일을 떠올렸다. 그가 무력하게 트위터로 사람들을 조롱하며 자신이 어떻게 "회심"해서 "세상에 애정"이 생겼는지 말했던 때를.

나는 조금 더 단호한 어조로 타이핑하다가, 커피를 마시기 위해 잠시 멈췄다. 영리하고 선한 사람이 된 기분이 들었다. "에릭은 감상적이기만 하지 생각은 없다"라고 입력했다. "에릭은 감상주의자다"라고 썼다.

엔터 키를 두 번 누르는 사이 희미한 생각 하나가 뇌리를 스치고 지나갔다. 나는 에릭이 지닌 완벽한 숫자의 아이들이라는 생각과 오벌린 마약 그리고 세상 혐오를 연관 지어 조금 더 서술하고 싶었다. "에릭은 언제나 근본적인 지점부터 삶을 거부했는데, 그건 고통을 늘 외면했기 때문이다"라고 나는 썼다. 고통받기를 너무나 싫어하는 에릭은 그것을 근본적으로 거부했다. 그의 인생관은 사실 여러 감상이 엉망진창으로 섞여 있는 것이었지만 어쨌든 완전히 고통에 대한 반작용일 뿐이다.

나는 한숨을 내쉰 뒤 자세를 고쳐 앉았고 에릭에 관한 여러 이질적인 생각들을 연결하려 애썼다. 상대적으로 타인의 시선을 의식하지 않은 채 불평을 적으려고 스스로를 제어 하니까 되려 타인의 시선이 의식되었다. 이것은 그저 초고일 뿐―내 소설은 집필 과정 중 여러 번의 퇴고를 거친다―이라고, 오늘 아침 내내 작업을 하려고 애쓰지 않았느냐고, 그러니까 계속 쓰라고 자신에게 일러 주었다.

나는 잠시 멈췄다가 다시 쓰기 시작했다. "삶은 의미 없다"는 것에서 "인간은 번식을 멈춰야 한다"를 거쳐 "세상에 가장 이로운 일은 인류가 소멸하는 것" 사이의 간극은 꽤 자연스럽게 느껴졌다. 사실 허무주의자가 공론가로 변하는 것만큼 자연스러운 일도 없었다. 둘 다 편협하고 자기중심적이었다. 둘 다 파괴를 향해 나아가고 결국에 그 파괴야말로 그들의 목표였다.

"에릭과 허무주의자 그리고 에릭과 공론가 사이의 유일한 차이점은 그의 설정밖에 없다"라고 나는 입력했다. 이전에 에릭은 그의 친구와 애인을 형편없이 대했는데, 그건 그가 **나쁜** 사람이었기 때문이었다. 이제는 그들을 똑같이 대해도 그는 다르게 여겨졌다. 그 이유는 그가 **좋은** 사람이 되었기 때문이다. 이전에 에릭이 집필 활동을 잠시 멈췄던 것은 그가 '미적으로 새로운' 것을 쓰고 싶었기 때문이었지만 지금 그가 집필하고 있지 않는 것은 다른 작가들이 들어올 '틈을 만들어 주기 위해서' 그리고 종이 같은 자원을 낭비하고 싶지 않아서였다. 물론 에릭이 여러 출판사로부터 원고를 거절당한 것도 사실이었다.

에릭이 여러 '문제'—그가 결코 콕 집어 말할 수 없는 문제—의 '해결책'으로 내놓은 것에는 늘 행동을 덜 하는 일이 포함되어 있었다. 그는 샤워도 하지 않았고, 옷을 빨지도 않았으며, 먹지도 않았고, 글을 발표하지도, 읽지도, 아이들을 낳기로 한 사람들을 용납하지도 않았다. 그는 저녁 식사 자리에서 지구를 위해 할 수 있는 최선의 일이 바로 사람들이 아이를 그만 낳는 것이라고 말했다. '지구를 위해 할 수 있는 최선의 일이라……' 나는 불신에 찬 채 생각했다. 이 문제에 관해 말하려거나 신경을 쓰는 사람이 어디 있기야 하겠는가?

내 문체가 공격적으로 변해 갔지만 화가 난 것은 아니었다. 오히려 오늘 아침 내내 이어진 나의 상태보다 훨씬 덜 불안했다. 쓴 대부분이 사실이지만 타이핑하는 동안에는 에릭을 구체적으로 떠올리려고 하지 않았다. 지금은 고개를 위나 왼쪽으로 기울이며 머릿속으로 최대한 그를 선명하게 그려 보려고 했다.

"에릭은 한때 섹시했다, 아니 아름다웠다. 그러나 지금 에릭은 못생겼다"라고 나는 타이핑했다.

머그잔이 비어 있는 줄도 모르고 들어 올려 입가에 가져다 댔다가 흰색을 드러낸 바닥을 보고는 멈췄다. 머그잔을 내려놓았다. 어느 정도는 뭔가 실마리를 잡은 것 같다고 느꼈는데, 예민한 신경과 에너지 때문에 그 느낌은 불타 사라진 듯했다. 마지막에 쓴 문장을 읽고는 짜릿한 기분을 느꼈다. 불타서 사라진 일 따윈 애초에 일어나지 않았을지도 몰랐다. 나는 계속 문장을 쓰기로 마음을 다잡았다. 자판 위에서 손가락을 꼼지락거리고 입을 빠르게 열었다 닫았다. 초등학교 3학년 때 있었다가 유년기를 지나며 사라진 버릇이었다.

바이올렛과 함께 읽었던, 조던 카스트로가 현대 작가들을 두고 무시하듯 "나약하다"고 말했던 인터뷰가 갑자기 떠올라 잠시 멈췄다. 나는 텅 빈 머그잔을 바라보다가 엔터 키를 두 번 누르고 마저 쓰기 시작했다.

"생명의 본질이란 것은 결국 고통에 달려 있다"라고 갑자기 조던 카스트로의 말을 그대로 따라 하며 썼다. "세상에 고통이 존재함을 지적하는 것 또는 사람들이 번식하지 말아야 할 이유로서 고통을 꼽는 것—당신이 살아 있다는 사실을 제외하고—은 가소로울 뿐이다"라고 입력했다. 세상에 태어난 아이들은 고통을 겪을 것이고, 살아가는 사람들 역시 고통을 겪을 것이고, 당신도 살아 있는 한 고통을 겪을 것은 물론 당연하다. 하지만 그게 어쨌단 말인가?

나는 거의 조던 카스트로의 어조와 인생관에 빙의해 글을 쓰고 있음을 자각했지만 에너지가 가득 차 있었기 때문에 계속 써 나갔다.

"문제는 고통을 겪을 것이냐, 겪지 않을 것이냐가 아니다"라고 나는 썼다. 문제는 무엇이 고통을 정당화할 것인지여야만 한다. 무엇이 **고통을 정당화할 것인가?** "당연히 에릭은 답을 알지 못한다. 내 동료들도 마찬가지다"라고 썼다. "나도 모른다!"라고 이상한 노릇이지만 그렇게 썼다. 나는 체중을 오른쪽에서 왼쪽 궁둥이로 옮겼다가 다시 균형을 바로잡고 "나도 모른다!"를 지웠다.

"밀레니얼은 고통의 주된 원인이 삶의 물질적인 조건이라는 시대착오적인 망상에 고통받고 있다"라고 나는 썼다. 평소의 나답지 않게 "밀레니얼"이나 "시대착오적인"이라는 표현을 써서 교조적인 어조로 쓰인 것이 신경 쓰였다. "인간이 하는 대부분의 오해는 이런 착각에서 비롯된다"라고 입력했다. "에릭은 역사의 기반은 물질이며 인간은 물질에 불과하다고 생각하지만 인간의 고통—대부분 비물질적이다—이 실재한다고 생각하기도 한다"라고 타이핑했다.

문제는 '고통 vs 기쁨' 또는 '괴로움 vs 행복'이 아니라 '고통 vs 목적' 또는 '괴로움 vs 의미'이다. "괴로움이 아니라 의미야말로 최상의 가치다"라고 입력했다.

이상한 영역으로 새어 들어가고 있음을 느꼈다. 자유롭게 쓰도록 스스로를 내버려 두고 싶었지만, 이렇게나 근엄하고 웅장한 어조로 글을 쓰자니 타인이 어떻게 볼지 신경 쓰였다. 나는 그저 앵무새처럼 조던 카스트로를 흉내 내고 있을 뿐이었다. 그것도 형편없게. 내가 타이핑하는 내용을 나부터 믿고 있지 않았다. 삶의 물질적 조건은 물론 아주 중요하다고 생각했다. 조금 전에 쓴 문장을 지우다가 다시 한번 나를 아예 놓아 버리자고 결정했다.

"삶의 물질적 조건이 전혀 중요하지 않다는 것은 물론 아니지만 그것이 일정 수준 이상이더라도 삶의 질을 높여주지는 않는다"라고 나는 입력했다. 세상에서 돈과 권력을 가장 많이 지닌 이들이 가장 만족스러운 삶을 살고 있지 않기 때문이다. "사람에게 필요한 것은 삶을 정당화할 무엇이다. 이를 얻기 위해서는 괴로움을 견디게 해 줄 인생관과 물질적 조건을 초월하고자 하는 의식적인 노력이 필요하다"라고 입력했다. 에릭같이 멍청하고, 생각 없고, 무식한 물질만능주의자들은 이런 개인이 지닌 힘을 무시한다.

"우리가 개인으로서 의미를 경험하는 고유한 가능성이 생겨나는 것은 우리 안의 창조적 능력, 즉 세상을 인식하고 상상하고 초월하고 그리고 사유하고 꿈꾸는 능력에 의해서다"라고 나는 타이핑했다. 외부 세계가 비로소 존재하게 되는 것은 우리의 내면 세계를 통해서다. 그 반대가 아니다.

타이핑하면서 점점 내 어조가 묘하게 바뀌는 것을 느꼈지만—이제 『벌목꾼』같지 않았고 오히려 알란 와츠〔Alan Watts, 미국의 영성가〕와 비슷해졌다. 나는 때때로 머릿속에서 그를 쿠키〔Kooky, 정신이 이상한〕 알란 와츠 또는 쿠키 몬스터라고 불렀다—사실에 초점을 맞추려 애쓰면서 계속 쓰기로 했다. "물질은 결코 삶을 정당화하지 못할 것이다"라고 나는 입력했다. "물질적으로 삶을 증명하는 것부터 어렵다. 빨간색 새 한 마리를 떠올려 보라"라고 프랑스의 현상학자인

미셸 앙리Michel Henry를 떠올리며 입력했다. "이제 삶을 떠올려 보라, 떠올릴 수 없을 것이다"라고 타이핑했다.

최근에 읽기 시작한 책들이나 조금만 이해하고 있는 책들이 머릿속에서 떠돌기 시작했다. 그다지 끌리지 않거나 바로 이해가 가지 않는 책들을 읽었던 것은 변화를 꾀하기 위해서였다. 조던 카스트로의 소설은 그 출발점이었다. 그가 소설 본문에서 언급한 논픽션으로 책을 읽기 시작했기 때문이었다. 언급한 책 중 대부분은 평소 취향과는 거리가 있었다. 여태까지 나는 주로 현대 소설과 철학 서적 조금, 그리고 동양 종교와 신화를 다룬 책들만 읽었다. 하지만 최근부터는 르네 지라르René Girard의 『세상의 토대와 숨겨진 것들Des choses cachées depuis la fondation du monde』, 미시마 유키오平岡公威의 『태양과 철太陽と鐵』, 그리고 쇠렌 키르케고르의 『현대 시대The Present Age』 등을 읽었다. 나는 책상 위에 쌓아 둔 새로운 책들로부터 비평적 영감을 받는 장면을 상상했지만 시선을 화면 위에 두고 초점을 맞추자 의식이 곧 책더미로부터 나의 소설로 옮겨 갔다.

"괴로움"이라고 나는 멍하게 생각했다. "괴로움은 우리 삶을 실재하는 것으로 만드는 것 중 하나다"라고 다시 알란 와츠스러운 것을 입력하게 될까 봐 경계하며 타자를 쳤다. 채식주의자들이 동물을 먹지 않고 채소는 먹는 이유도 이 때문이다. 식물들도 살아남는 것에 명백한 의지를 지니고 있지만—특정 독소와 소화하기 어려운 요소로 스스로를 방어하도록 진화했으니까—인간이 공감할 수 있는 방식으로 고통을 느끼지는 않는다는 점에서 인간은 그들의 생명이 질적으로 우리와 다르다고 생각했다. 결국 문제는 특정한 고통을 느끼는 주체가 우리가 이해할 수 있는 방식으로 고통을 느끼느냐는 것이다. 왜냐하면 우리부터가 특정한 고통을 통해서 우리 자신의 생명을 느끼기 때문이다.

"이게 에릭이 문제가 있는 또 다른 이유다"라고 나는 입력했다. 에릭은 채식주의자다.

또다시 흥분해 다른 데로 빠지고 있었기 때문에 내가 일관성 없이 문장을 적고 있는 것은 아닌지 겁이 났다. 한편으로는 아주 날카롭게 잘 묘사하고 있다는 느낌도 받았지만 말이다. 때때로 이 느낌은 초 단

위로 느껴졌다가 바로 사라졌다. 그래서 숨을 깊게 쉬고는 허벅지에 체중을 실어 앉은 채로 이리저리 움직였다. '에릭은……' 하고 나는 실망스럽게 생각했다. 마치 인격을 모욕당한 뒤 실망한 기분이었다. 에릭은 항상 서브 트윗〔트위터상에서 특정 사용자를 주로 흉볼 목적으로 이름을 태그하지 않고 언급하는 행위〕을 하며 그의 친구들과 전 여자 친구들을 향해 소극적으로 공격했다. 한심하기 짝이 없군.

에릭은 한번 "남자들은 다 무뇌인데 돈 많이 받음&충동 조절 능력도 없고 자제력도 없음/으으 더러워"라는 내용의 트윗을 리트윗 한 적이 있었다. 처음에는 너무나 바보 같은 내용이었기 때문에 비꼬는 의미로 리트윗 한 것이라 생각했다. 대체 어떤 멍청이—물론 무뇌에다 절제력도 충동 조절 능력도 없는 사람 빼고—여야 저런 트윗을 리트윗 한단 말인가? 대체 에릭 안에서 어떤 불안에 휩싸인 개소리가, 자기혐오가 울려 퍼지고 있는 것인가?

갑작스러운 무력감과 여태 내가 쓴 내용에 대한 부정적인 감정에 휩싸여 나는 엔터 키를 두 번 친 다음 '에릭=바보, 트위터=정신 병동'이라고 입력했다.

실제 에릭의 트윗이 내포하고 있는 것 이상으로 부풀리고 있는 것이 아닌지 고민했지만 커피의 효과가 오고 있는 듯해서 기분이 좋기는 했다. 내가 에릭이라는 사람에 대해 적은 내용이 사실인지 아닌지는 중요하지 않았다. 나는 새 소설을 쓰고 있었다. 카페인이 얼마나 빨리 스트레스의 결정체로 바뀔 수 있는지 알고 있기도 했다. 망설이는 시간이 길어지면 마비되어 버릴지도 몰랐다.

나는 머그잔을 들고 의자에서 일어나 조리대로 향했다.

케멕스에 담겨 있던 마지막 커피를 머그잔에 부을 때 카페인의 효과가 날카롭게 훅 끼쳐 오는 것을 느꼈다. 심장이 터질 것 같았다. 바이올렛은 아직 자고 있었다. 나는 완전히 녹초가 되었다. "씨발"이라고 나는 크게 소리 질렀다. "펑크"라고 나도 모르게 말했다가 미소를 지었다. 팔을 앞으로 뻗어 꿈틀거리다가 몸 옆으로 가지런하게 내렸다. 가슴이 엉망진창으로 뛰었다. 나는 머그잔을 들고 테이블로 향한 뒤 다시 앉았다.

인터넷을 켠 다음 지메일을 열고서 리에게 이메

일을 썼다. "새 소설 쓰는 중. 『벌목꾼』 스타일. 에릭 뒷담 까는 내용"이라고 입력했다.

　이메일을 보낸 뒤 남은 하루를 떠올렸다. 오전 10시 3분이었다. 곧 바이올렛이 일어날 시간이었다. 이제야 소설이 써지는 만큼 다른 소설도 마저 쓸까 하다가 형태도 거의 갖추지 않은 욕설로 나 자신을 게으르다고 비난하기 시작했다. 내가 지금 무엇을 하고 있는지 나도 모르겠다고, 세상에 내가 기여할 수 있는 건 아무것도 없다고, 지금까지 일궈 온 모든 것들은 다 후지다고, 앞으로도 좋은 소설을 쓰기란 글러 먹었다고, 여태껏 좋은 글을 쓴 적도 없다고, 평생을 망상 속에서 자위하며 살았다고, 이렇게 해서 생긴 상처가 회복되려면 평생 걸릴 거라고 말이다. 나의 뇌가 조금 전까지 집중해서 뒷담을 퍼붓는 대상은 에릭이었는데, 이제는 그 표적이 내가 되어 있었다. 나는 소설의 글자들을 보다가 무엇보다 내가 무슨 일을 하더라도 가족을 먹여 살릴 수 없으리라는 확신이 들었다.

　며칠 전 나는 잔디를 깎으면서 거의 대성통곡할 뻔했다. '이제 나는 잔디나 깎는 사람일 뿐'이라고 한탄하는 머릿속에서 미래가 마치 고깃덩이처럼 펼쳐져 있었다.

지금도 마찬가지지만 그런 순간이면 나는 제멋대로 '이제 너무 늦었다'라고 생각했다. 내 삶은 앞으로 대단히 중요한 목적이나 결말 없이 지금과 마찬가지로 자잘하고 너절한 잡무들로 채워질 것이라고. 내가 아무렇게나 망상했던 것—가족, 커리어, 인간관계를 유지하는 것—은 그저 단순한 환상일 뿐이라고. 갈등과 혼란에 휩싸여 너무나 많은 시간을 허비했다고. 지난 수년에 걸쳐 나의 선택들이 차곡차곡 쌓여 시야를 가리고 나를 가두는 벽이 되었다. '오늘 아침만 해도 쉴 새 없이 끔찍한 선택을 내리지 않았나……'라고 나는 생각했다. 내가 변해 다른 사람이 되기란 불가능했다.

주변에서 작은 소음이 들렸고 나는 바이올렛이 잠에서 깨어나 부엌으로 걸어 나왔을지 아니면 내 뒤에 서서 노트북을 들여다보고 있는 건 아닐지 걱정됐다. "푸후우" 하고 잠든 그녀를 생각하다가 곧 내가 찍어 준, 연못의 다리 위에서 하얀 드레스를 입고 있는 그녀의 사진을 떠올렸다.

"푸후" 하고 나는 생각했다. "푸후우우." 바이올

렛이 잠에서 깨어나 거실에서 뭔가를 읽거나 쓰고 있길 바랐다. 뒤를 돌아 그녀를 보고 싶었다. 나는 그녀가 짜증이 났을 때 왜 자기의 머리를 내 겨드랑이 밑으로 밀어 넣는지를 생각하다가, 나도 불만을 없애 보기 위해 바이올렛의 입장에 빙의해 내 머리를 내 겨드랑이 밑으로 구겨 넣는 상상을 했다. 그러다 그녀가 갑자기 웃을 때마다 내던 "찍" 소리가 떠올라 희미하게 웃음이 났다. 그녀의 입술과 잇몸의 비율—그녀는 잇몸이 아주 넓었는데 처음 만났을 때 내가 놀라면서도 매력을 느꼈던 지점이다—때문에 공기와 침이 이 위에 '갇혀' 그녀가 입술을 움직일 때마다 "찍"소리가 났다. '찍찍이 미소'는 그녀가 자신이 행복한 상태라는 것을 자각하지 못하고 있을 때 나왔다. 그녀가 일어나면 찍찍이 미소를 짓게 해야겠다고 생각했다.

나는 한숨을 쉬고 의자 뒤로 머리를 젖힌 뒤 눈을 감았다. 우리의 아이들이 어떤 외모일지 상상해 보려 했으나 구체적인 상을 떠올리기가 어려웠다. 바이올렛과 나의 관계는 강하게 연결되어 처음으로 안정감이 느는 진지한 연애였다. 단지 나의 감정에 기반한 것이 아니라, 사랑에 기반을 둔 일종의 확신이었다.

나는 일관성도 없고 신뢰성도 많이 떨어지는 편이기 때문이다. 그녀가 여든 살이 되었을 때의 미소를 상상해 보려 애썼다. 마흔 살이나 쉰 살이 되었을 때의 모습보다 여든 살이 되었을 때의 모습을 그려 보는 게 더 쉬웠다. 먼 미래에 무슨 일이 벌어질지는 알 수 있는 게 아주 적었으니까. 내 일부는 미래—나의 미래—를 위해 헌신하기를 바랐지만 또 다른 일부는 내면으로, 즉 완전히 삶처럼 느껴지지는 않고 일종의 소설처럼 느껴지는 삶으로 끌어당겨졌다. 누군가와 연결되었다고 느끼며 살아가는 삶이란 내게 비교적 낯선 일이었다. '나는 에릭처럼 되고 싶지 않았지만—적어도 이 지점은 분명했다—쉽게 에릭처럼 될 수도 있다'라고 생각했다. 얼마 전까지만 해도 나는 에릭과 비슷했다. 오늘 아침 나는 집중하려고 애쓰고 있었다. 바이올렛을 생각하다가 다시 내 소설에 몰두했다. 하지만 이 둘 사이에서 나는 갈라져 있는 듯했다. 소설가로서 살아가는 미래는 때때로 남편이나 아버지로서 살아가는 삶과 정면으로 충돌한다고 직관적으로 느꼈다. 어두컴컴한 방에서 노트북을 켜고 채 영원히 앉아 있는 나의 모습을 상상했다.

소설에 관한 파멸적인 상상들이 빙글빙글 돌며 머릿속을 잠식해 가는 와중에 변기 중앙에 떨어지는 오줌 줄기 소리가 마치 감자 칩 봉지가 바스락거리는 것처럼 귀를 채웠다. 물을 내린 뒤 페니스를 바지 속에 도로 넣고 뚜껑을 닫은 다음, 오른쪽으로 두 걸음 주춤주춤 움직여 거울 앞에 섰다. 정신이 나가 보였다.

　　주변에 놓인 것들이 실제보다 더 멀어 보였다. 모든 것이 마치 미세하게 움직이는 구름 속에 숨어 있는 것처럼 보였다. 나는 머리카락을 쓸어 넘겼다. 거실로 나간 뒤 벽난로 위의 거울로 내 모습을 들여다봤다. 가슴에 힘을 줬다가 옆으로 돌아서서 표정을 지어 봤다. 벽난로 위의 거울 옆에 쌓인 책 더미를 보는 척했다. 아직 내가 읽지도 않은, 『뉴욕 리뷰 오브 북스』〔New York Review of Books, 뉴욕시에서 2주마다 발행되는 잡지〕약 열다섯 권, 내가 가장 좋아하는 문학잡지인 『눈NOON』여러 권, 모스크 모양의 시계, 스카이다이빙 증명서를 눈으로 훑었다. '안 그래도 『눈』에 투고하려 했는데…… 어쩌면 내 소설 일부가 실릴 수 있을지도 모른다'라고 나는 생각했다.

　아니다, 아니야. 나는 떠올리는 것만으로도 등근육이 조이고 뒤틀리는 내 삼인칭 현재형 소설에서 주인공인 캘빈이 자던 중 꿈을 꾸다가 땀에 젖은 채 여기가 어딘지도 모르는 나체로 깨어난 뒤 복도를 달려가며 폭발적인 설사를 참지 못해 벽에 흩뿌리고 마는 장면을 기억해 냈다. 그는 똥을 지리면서 계단에서 굴러떨어지는데—"난간에 요리조리 튄다"라고 묘사했다—변기에 앉으려다가 시트 위에 설사를 지리고 그대로 시트를 깔고 주저앉아 버린다. 이런 장면은 『눈』에 어울리지 않는다고 생각하며 나는 내 소설의 어떤 파트를 투고해 볼지 고민했다.

　난간에 설사가 튀는 장면 바로 전인데, 캘빈이 작은 세탁기 앞에 서서 어린아이들을 앞에 두고 "잠시 멀리 떠나 있어야 한다"라고 말할 때 갑자기 세탁기가 흔들거리다가 문의 유리를 깨고 멀리까지 똥을 뿜어버려서 결국 방 안의 모든 사람과 기구가 뱅글뱅글 돌고 홍수에 휘말린 것처럼 둥둥 떠내려가는 장면을 생각했다……

　내용 중 대부분이 회상하는 장면과 발열로 인해

설사하는 장면으로 구성된 삼인칭 현재형 소설에 꿈 장면을 넣다니 정말 지독했다. 물론 꿈에는 어느 정도의 의미가 분명히 있었지만 굳이 픽션 속에 자리 잡아야 할 이유는 없었다. 애초부터 픽션이 꿈 같았기 때문에 소설 속에서 꿈의 장면을 묘사한다는 건 누군가에게 꿈 속의 꿈에 대해 말하는 것과 다를 바 없었다. 즉 공감이 거의 불가능하단 뜻이었다. 자신이 꾼 꿈의 아주 세부적인 내용까지 말해 주며 나를 괴롭히던 사람들이 그동안 얼마나 많았단 말인가. 그들이 얼마나 이상하고 예상 외의 장면을 묘사하든 나는 곧바로 흥미를 잃고 말았다. 그 어떤 의미와도 연결될 수 없었기 때문이었다. 깨자마자 꿈을 잊어버린다는 것에는 묘한 구석이 있었다. 깨어나기 전 사람들은 자신이 꾼 꿈을 잊는다. 게다가 남의 꿈 이야기를 듣고 있을 때도 그가 무슨 장면을 묘사했는지 잊게 된다…….

내 소설의 시제와 시점에 대한 것인지는 모르겠지만 뭔가를 기억해 내려는 것처럼 부엌을 향해 왔다 갔다 하고 있자니 나는 마치 노트북이 나를 잡아당긴다고 혹은 내가 끌려간다고 느꼈다. 나는 짧고 굵게 작업해서 나의 부정적인 생각들을 완전히 끊어 내야겠다고 마음을 다잡았다. 바로 자리에 앉아서 쓴 것, 퇴고한 것 또는 『눈』에 보낼 만한 것으로 무엇이 있는지 살펴보면서 머릿속의 나쁜 생각들을 몰아내겠다고 말이다. 15분 내외만 집중하면 되는 일이었다. 이렇게 함으로써 주의력이 흩어질 걱정도 할 필요가 없었다. 하지만 부엌 식탁에 앉아 소설을 쓸 마음의 채비를 하던 그 즉시, 꿈을 묘사한 장면은 특히 『눈』의 성격에 비해 너무 저질스럽다는 생각에 사로잡히게 되었다. 소설 전반이 저질스러웠다. 심지어 나조차 그렇게 느꼈다. 나는 내 첫 소설이 사람들에게 진지하게 받아들여지지 않을 정도로 저질스럽게 쓰이지는 않았으면 했다. 내가 진지한 사람인 만큼 사람들에게도 진지하게 받아들여질 자격이 있었다. 앞으로도 커리어를 계속 유지하고 싶었다.

　　나는 노트북을 열어 소설이 담겨 있는 구글 문서 도구로 향했다. 그리고 만약 이 소설을 낸다면 앞으로 일종의 저질스러운 이미지를 지니게 되지는 않을지 걱정하며 멍하니 스크롤을 내렸다. 나는 '저질 남'이라는 단어―미래의 내 별명일지도 몰랐다―를 계속 생각하다가 소설 속에서 계속 찾고 있던 "난간에 요리조리 튄다"라는 표현을 발견했다.

난간에 요리조리 튄다…… 난간에 요리조리 튄다……. 식은땀이 나면서 몸이 차가워지는 게 느껴졌다. 소설 속 장면이 실제로 벌어졌을 때를 몸이 상상한 것이었다. 나는 난간에 요리조리 튄다는 짓궂은 표현에 아찔해져서 씩 웃었다. 팔뚝에서 소름이 돋기 시작했다. 나는 팔뚝을, 그다음에는 노트북을 부드럽게 문질렀다. 다음 날 아침 캘빈이 화장실에서 울며 청소 중인 그의 여자 친구를 지나쳐 침대에 쓰러진 뒤 곯아떨어지는 장면을 묘사해야 한다는 사실을 떠올리자 막막해져 눈의 초점이 흐려졌다.

아니다, 이미 썼다. 현재 단락에서 조금만 밑으로 내려가니 있었다. 커피 때문에 생각하는 게 완전히 불가능한 일처럼 느껴졌다. 마치 생각이 뇌 속 화면 위에 띄워져 있는 글과 같아서, 경련하듯 위아래로 스크롤 되거나 예측 불가능한 렉에 걸린 듯 화면이 멈춘 것 같았다. 피부가 바들바들 떨리는 느낌이 들 때까지 시야가 흐려졌고 나는 내 두 번째 얼굴을 향해 쪼그라들었다. 내 얼굴이 녹아내려 바닥에 흥건하게 고인 뒤 다시 덩어리져 차올라 내게서 멀어지며 뱅글

뱅글 돌아가는 장면을, 목에는 레이저 빔이 뿜어져 나오는 장면을 멍하니 입을 벌린 채로 상상했다. 나는 눈의 초점을 다시 맞추기 위해 고개를 흔들었지만 시야는 여전히 흐린 채로 남아 있었다. 손가락을 키보드 위에 두고 누르지 않으면서 더듬거리기만 했다.

화장실에 무릎을 꿇고 앉아서 나를 바라보고 너무나도 침착하게 내가 "병에 걸렸는지" 묻는 전 여자친구의 모습을 떠올렸다. 나는 이 소설이 완전히 내 삶에 바탕을 두고 있다는 사실을 깨달았다. 다른 장면들도 떠올랐지만 그것들은 추상적이고 흐릿한 장면들로 고작 1, 2초 정도만 뇌리에 머물렀다. 그 장면들이란 빈집에서 래퍼들의 인터뷰 영상을 보며 밤새 코카인을 흡입했던 기억, 혼란스럽고 긴장된 상태인 동시에 멍하고 체념한 상태로 휴대폰에 남아 있는 부재중 전화 기록과 문자를 매트리스에 누워 봤던 기억, 발바닥이 신체의 어느 부위와 맞닿아 있는지를 강조하여 표현한 침실 벽에 붙어 있던 포스터를 쳐다본 기억, 딜런이 내 콧물을 핥아 먹고 짖어도 나는 아기처럼 웅크려 울었던 기억.

기억들은 마치 인스타그램 스토리처럼 납작한

조각들로 순식간에 지나갔다. 그것들을 어깨와 턱으로, 물리적으로 느낄 수 있었다.

　　사람들에게는 "소설 쓰러 간다"라고 해 놓고는 집을 나서서 차에서 마약을 하거나 대마나 해시 오일〔hash oil, 대마를 압착해 짜 낸 기름〕의 다음 입항 계획을 언제, 어디로 짜야 할지 고민했고 아니면 그냥 누워서 넷플릭스를 봤다. 때때로 소설을 쓰기도 했지만, 그저 누군가가 물었을 때 보여주기 위한 용도로 쓴 것이었다. 경찰에게 하루 종일 소설을 썼다고 주장—내가 소설가라고 말이다—하기 위해 증거로서 내 '소설'을 보여주고 그들이 제기한 혐의로부터 유유히 벗어나는 상상을 했다. 전 여자 친구가 나를 의심하고 있다는 생각이 들 때면 노트북 화면 위에 띄워 놓은 채로 잠시 자리를 비키기도 했다. 심지어는 나와 대마를 함께 팔았던 사람들에게 내가 이 짓을 하는 이유가 소설 쓸 시간을 더 벌기 위해서라고 말하기도 했다.

　　부엌 식탁에 앉은 채로 나는 이 소설—내 알리바이용 소설—이 무엇에 관한 것이었는지 기억해 내려고 애썼다. 소설이 만연체로 쓰였고 오래된 노트북에 저장되어 있다는 사실을 기억해 내기는 했지만 그게

다였다. 나는 오랫동안 노트북—현재 망가진 채로 부모님 집의 옷장 속에 놓여 있다—을 고치려 했다. 비록 지금은 기억이 희미하긴 하지만 여전히 보고 싶은 한 동영상이 저장되어 있기 때문이었다. 그 영상에는 내가 클리블랜드에 살 적에 부엌 식탁 앞에 앉아 담배를 피우며 엄청나게 묵직한 돈뭉치를 세는 장면이 담겨 있었다. 지금 내게 그 시절은 존재하지 않는 것처럼 초현실적으로 느껴졌다. 대마를 팔던 시절만 해도 마약을 끊은 상태였지만 장사의 전성기를 맞이했을 때 다시 마약을 시작해서 며칠씩 필름이 끊기곤 했다. 마지막으로 필름이 끊겼을 때 나는 상사의 돈이었던 2만 5000달러를 잃어버렸다는 것을 깨달았다. 누군가에게 잘못된 주소를 알려주고(그래서 5만 달러어치의 상품이 엉뚱한 곳에 배달됐다), 부하 직원에게 구한 알약 수백 개를 먹고서는 미친듯이 인터넷 쇼핑을 하며 수천 달러를 썼기 때문이었다. 혼란스럽고 정신없는 상태로 깨어난 뒤, 그러니까 설사가 폭발한 뒤로 노트북은 켜지지 않았다.

나는 소설의 다음 부분을 향해 스크롤을 내린 뒤, 새벽 3시 30분에 캘빈이 설사를 내뿜고 서 있기

가 어려워 몸을 웅크리고 바들바들 떨며 샤워하는 와
중에도 마약 거래상에게 전화를 걸어야 할지 광적으
로 고민하는 장면을 살펴봤다. "그는 뜨거운 물을 틀
어 놓고 있음에도 부들거리다가 살짝 미끄러진다. 그
는 욕조에서 나와 수건으로 몸을 닦으면 피부가 수건
에 딸려 떨어진다고 완전히 믿고 있다. 그는 몸을 떨
고 있다. 피부가 여전히 붙어 있는 것을 확인하고서는
휴지로 벽과 바닥을 닦으려 하는데, 샤워로 생긴 수증
기 때문에 휴지가 젖어 금방 찢어진다. 그는 똥 범벅
이 된 휴지 뭉치를 변기 옆 쓰레기통에 던지고는 다
시 자기로 한다."

『벌목꾼』 소설을 쓰고 남은 여운과 카페인에 취
한 채 부엌 식탁에 앉아 있자니 소설 속의 일들이 실
제로 내게 벌어진 일이라는 사실이 자꾸 떠올랐다. 다
음 장면에서 깨어나 이번에는 베르사체 검은색 사각
팬티에 똥을 쌌던 인물이 캘빈일 뿐 아니라 나이기
도 하다는 사실을 알고 있었다. 너무나 추운 클리블랜
드의 1월 어느 날 여자 친구가 알아채지 못하도록 증
거를 인멸하기 위해 집과 야외 쓰레기통 사이를 미친
듯이 뛰어서 오갔던 것도 캘빈일 뿐 아니라 나이기도

하다는 사실을 알고 있었다. 모든 일을 벌인, 이 모든 일을 초래한 사람이 캘빈일 뿐 아니라 나이기도 하다는 사실을 알고 있었다. 그러나 시간이 지나 특히 이렇게 노트북 앞에 앉아 있으면 내가 아니라 캘빈에게만 일어난 일처럼 느껴졌다.

"중독은 기억의 병"이라고 내가 『0보다 작은』을 필사한 적 있다고 거짓말했던 학자이자 기록자인 사람이 한 말을 갑자기 떠올렸다. '픽션을 쓴다는 건 기억의 병이다'라고 나는 바보처럼 생각했다. 소설을 쓰며 기억의 특정한 세부 사항만 주목하고 다른 것들은 무시해 각색을 많이 거치다 보니 내 기억이 바뀌었을 가능성이 높았다. 어쩌면 기억의 어떤 세부 사항은 지어냈을 수도 있었다. 한 가지 알아차린 점은 내가 특정한 경험을 했다고 기억하는 게 아니라—그러니까 '일인칭적인 기억'이 아니라—, 그저 나와 똑같이 생기고 내가 한 것과 똑같은 일을 저지르기는 했지만 결국에는 내가 아닌 '캘빈'에게 일어난 일을 전지적 시점을 취한 채 묘사하고 있다는 것이었다.

나에 대해 삼인칭 시점으로 서술함으로써 나는 나 자신을 삼인칭 시점에서 볼 수 있었다. 삼인칭 시점은 선택의 가능성을 소거해 버리는 시점이었다. '사람은 과거를 바꿀 수 없다'라고 나는 안심하듯 생각했다. 과거는 이미 끝난 일이기 때문에 한 사람의 과거를 삼인칭 시점으로 보는 것은 말이 되는 일이었다. 그러다가 또 다른 생각이 외부에서 내 안으로 흘러 들어왔다. 사람은 과거를 바꿀 수 있다는 생각이었다. 과거는 항상 변화하고 있다고 나는 생각했다. 그리고 어떻게 과거가 변할지는 미래에 일어날 일에 온전히 달려 있었다. 이야기의 서두가 의미하는 것은 결말에 가서 완전히 달라질 수 있었다. 픽션과 마찬가지로 삶은 작고 세부적인 선택으로 이루어져 있으며 앞으로 살아가고 뒤돌아볼 때 이해하는 것이었다. 삼인칭 시선은 결국 삶의 중요한 두 측면, 즉 책임과 선택이라는 요소를 부정했다. '사랑도 마찬가지'라고 나는 막연하게 생각했다. 삼인칭 시점으로 묘사되는 사람은 사랑이란 것을 할 수 없었다. 선택을 내릴 수 없기 때문이다. 오직 일인칭 시점, 즉 모든 선택을 되돌릴 수 없는 동시에 변화시킬 수 있는 시점에서만 사람은 사랑을 할 수가 있었다.

나는 충격을 받은 생쥐처럼 부엌 식탁에 앉아 생

각했던 것을 잊지 않으려 애쓰며 일을 마저 하고자 했다. 졸피뎀〔수면제의 일종〕과 클로나제팜을 코로 들이켠 뒤, 금단 증상으로부터 회복 중인 사람들의 모임에서 성공적으로 마약을 끊는 게 어떤 일인지 강연을 펼치는 내가 아닌 캘빈을 상상했다. 마약 밀거래 혐의로 기소되어서 매주 법원에 왔다 갔다 해야 하는 내가 아닌 캘빈을 상상했다. 금단 증상이 어느 정도 가라앉고 나자 여자 친구에게 오직 한 알만 먹었을 뿐이라고 거짓말을 하고 앞으로의 계획은 자동차 판매원으로 취직하는 것이라고 하는 내가 아닌 캘빈을 상상했다.

캘빈을 접한 독자라면 자기 자신만의 캘빈을 머릿속에 그릴 수 있을 것이었다. 상상력을 동원해 캘빈이라는 사람을 채우는 식으로 말이다. 그러나 나는 구체적인 사람이었고 적어도 그렇게 여기고 싶었다. 내 소설 속 사건이 일어나고 두 달 뒤 『0보다 작은』을 필사했다고 거짓말하기 한 달 전에 봤던 브렛 이스턴 엘리스의 인터뷰가 떠올랐다. 그는 『0보다 작은』의 후속작을 집필한 이유가 "주인공이 지금 뭘 하고 있을지 상상을 멈출 수가 없었기 때문"이라고 했다. 이런 식으로 자신의 캐릭터에 대해 말하는 작가들의 말은 여러 번 들었다. 마치 캐릭터가 진짜 사람이라도 되는 듯 많은 작가는 그들이 만든 인물의 배경담은 물론이고 심지어는 본문에 실리지 않은 과거의 구체적인 사항을 언급할 수 있을 정도로 만들어 내기까지 했다. 시몬 드 보부아르Simon de Beavoir가 소설의 성패는 "인물의 기질적 자유도"라는 환상에 달려 있다고 한 게 기억났다. 이때 자유도란 작가가 글을 쓸 때 인물이 얼마나 자유의지를 갖고 한 줄씩 자신의 모습을 드러내는가에 따라서 일정 정도 얻어지는 것이었다. 소설이 진실성을 잃고 진부해질 때는 작가가 인물을 특정한 '유형'에 가두거나 행동을 취하도록 강제할 때였다. 캘빈으로 나는 뭘 하고 있단 말인가? 캘빈이 과연 '자유'로운가? 나는 브렛 이스턴 엘리스를 다시 떠올린 뒤 '배경담……'이라고 생각하다가 '브렛 이스턴 엘리스'를 되뇌었다. 지금까지 '배경담을 만들어야 한다는 생각 따위 한 적이 없었다. 이런 이유로 내 소설이 더 얄팍해지고 마는 것일까? 나는 그 단어가 '배경'과 '담'을 단순히 합쳐서 만들었다는 사실이 웃기다고 느끼며 '배경'이라고 생각했다.

노트북의 트랙 패드를 건드린 뒤 커서를 동그라미 모양으로 움직였다. 메모 앱을 켠 뒤, "캘빈: 배경담"이라고 입력했다가 ": 배경담"을 지우고는 "배경담:"이라고 타이핑했다. 나는 생각을 하려고 무진장 애를 썼다.

열다섯 살 무렵, 불면증으로 잠이 오지 않아서 매일 밤 혼자 술을 마시고 내 몸에서 나는 담배 냄새를 없애기 위해 수업이 끝난 뒤 고등학교 잔디밭에 뒹굴고는 했던 기억이 떠올랐다. 그때 나는 일주일 단위로 마약을 복용했는데 일주일은 곧 며칠로, 며칠은 곧 하루로, 하루는 곧 몇 시간 단위로 바뀌었고, 결국에는 마약 없이는 아무것도 할 수 없어서 더 강한 약이 필요하게 되었던 것도 기억났다. 염소수염을 길렀던 게 기억났다. 재활원에 갔던 게 기억났다. 재활원에 오던 외래 환자 중 한 명이 금발의 드러머였던 게 기억났다. 그에게 마찬가지로 중독자인 쌍둥이 형제가 있다는 것과 그가 쌍둥이 형제 중 다른 한쪽인 척하며 빚을 내서 마약 판매상으로부터 계속 약을 샀다는 것도 기억났다. 내가 시 교도소에서 약 먹을 시간이라며 불려 갔을 때, 내 이름이 지하에 소녀 세 명을 감금해서 뉴스에 나온 범죄자의 이름과 비슷하게 들린다는 이유로 죄수들이 내지른 함성도 기억났다. 감방 룸메이트가 발작을 일으켰을 때 입에 문 거품 입자가 감방 전체에 휘날려 악취를 풍기던 일도 기억났다. 내가 흡연 구역에서 책을 읽고 있는 걸 봤다는 이유로 잭 케루악Jack Kerouac의 『길 위에서On the Road』를 빌려준 입원 환자 상담사가 기억났다. 흡연 구역에 있을 당시 내 옆에서 『롤리타Лолита』를 읽고 있던, 목에는 필기체로 "코카인"이라고 타투를 새긴 여자애와 몇 개월 뒤 섹스했던 일도 기억났다.

마지막 기억이 내 집중력을 흩뜨렸다. 재활원 다음에 살던 사회 적응 훈련 시설 침실의 서랍장 위에 함께 앉아 있던 장면을 떠올렸다. 사각팬티의 허리 밴드 위로 뱃살이 불룩 튀어나와 있었다. 앞으로 쓸 모든 것에 영향을 미칠 게 분명했기 때문에 쓰지는 않겠지만 독자들이 배경담으로 여길 것이기 때문에 이 기억을 쥐고 있으려고 애썼다. 나는 친구의 죽어 가던 아버지가 복용하는 약 대부분을 병에서 꺼내 훔쳤던 일과 그 일이 들키고 나서 훔친 적 없다고 발뺌하고 믿지 못하겠다면 약물 검사라도 해보자고 했던 일을 떠올렸다. 그 후 함께 가게에 가서 약물 검사기를 산 뒤 내가 훔친 약물에 대해 양성 반응이 나와도 계속 거짓말했던 일을 떠올렸다. 잠든 어머니가 계신 침실로 숨어들어 가서 침대에 숨겨져 있던 지갑에서 20달러를 빼낸 뒤, 복도로 몰래 나와 울다가 나머지를 훔치러 다시 들어갔던 일을 생각했다.

나는 마치 유령처럼 둥둥 뜬 채 나선 계단을 따라 내려가는 것 같은 기분을 느끼며 스크롤을 내리며 내 소설을 읽었다. 이따금 카페인의 효과가 부풀어 올라 나를 찌르고 충격을 주는 걸 느끼면서 말이다. 나는 미간에 힘을 준 채로 특정 단어를 노려보면서 선택했거나 선택할 문체에만 집중하고 있을 뿐이라고 스스로를 납득시키려 했다.

소설을 쓰며 보낸 몇 개월간 나는 아주 흥미진진한 책—독자들을 이끌고 나아가는 스릴러—과 메타인지의 한계에 관해 아주 명확히 비평하는 책 사이에서 계속 갈팡질팡해 왔다. 상태가 좋을 때는 두 종류의 이야기가 양립 불가능하지 않다는 것을 알았지만 상태가 좋지 않을 때는 **설명적인 중간 문학**〔순수문학과 대중문학 사이에 있는 문학을 일컫는 용어〕에 굴복하고 싶었다. 금단 증상 속 열나는 상태에서 꾸는 꿈을 다룬 파편화된 소설은 그럭저럭 읽어 줄 만할 것이기에 캘빈의 배경담은 생각할 필요가 없었다. 그는 완전히 나를 기반해 만들어진 인물이고, 내게 배경담이 있었으니까 말이다. 모든 아마추어가 실제보다 더 실력 있게 비치고 싶을 때처럼 불만 가득한 어조로 비현실적인 요소들을 강조해도 될 것이었다. 하지만 그렇게 쓴다고 해서 그 책—내 소설—이 내가 말하고 싶은 것을 말해 주는가?

내가 말하고 싶었던 게 뭐더라?

소설이 삼인칭 현재형으로 쓰여 있기 때문에 내가 무엇을 말하고 싶은지는 중요치 않았다. 페이지를 넘기고 나서도 숙고할 정도로 내가 쓴 것을 진지하게 여기지 않을 것이다. 마약을 다룬 아마추어의 첫 소설이 새로울 게 무엇이 있겠는가? 나는 '빙산……'이라고 생각하면서 헤밍웨이Ernest Hemingway가 빙산에 대해 한 말을 떠올리려고 애쓰다가 먼저 헤밍웨이를 인용해서 죄송하다는 말로 운을 떼며 헤밍웨이를 인용한 트윗에 누군가가 답글로 단 트윗이 생각났다.

나는 내 소설의 문장을 읽으려고 스크롤을 내

렸다. 문장에는 "한 줌의"라는 표현이 있었는데, 이걸 보는 즉시 움찔하고 말았다. '"한 줌의"라고? 내가 대체 무슨 짓을 하고 있었던 거지?' 허무주의적이고 공격적이라고 느껴져 "한 줌의"를 지웠다. 이 부분을 통째로, 내 소설 전체를 지워 버리고 싶었다. '"한 줌의"라니.' 나는 자조하며 생각했다. "자살해, 자살해……"라고 중얼거리며 부엌을 둘러봤다. 나는 마약 소설을 쓸 수 없었다. 나는 마약 소설을 쓸 수가 없었다. "푸후우……."

어쩌면 이래서 오늘 아침 내내 소설을 쓰고 싶어 하지 않았던 것일지도 몰랐다. 나는 마약 소설―몇몇 예외가 있지만―을 싫어했는데, 왜냐하면 약간의 의식이라도 있는 사람이라면 오글거려 하지 않을 수 없었기 때문이었다. 대부분은 특정한 의도로 쓴 게 아니라 작가의 입에서 되는 대로 나온 것처럼 애매하게 느껴지는 자의식이 과잉된 내용이었기 때문이었다. 소위 훌륭한 마약 소설가라 불리는 이들조차도 사실은 기술도, 진실하거나 영원한 뭔가에 대한 통찰력도 없는 삼류 작가라는 것에 의심할 여지는 없었다. 내가 절대로 발 담그고 싶지 않은 문학 장르가 있다면 그건 바로 마약중독을, 아니 마약에서 벗어나 회복하는 걸 내용으로 한 소설이었다.

　사람들이 왜 마약을 하고, 왜 마약에 중독되는지 또는 왜 마약을 끊는지에는 의문스러울 게 없었다. 이 자명한 사실은 삶의 몇 안 되는, 진정으로 단순한 현실이었다. 이로 인해 마약에 관한 책은 근본적으로 마약을 다루고 있지 않은 다른 책들보다 덜 재미있었다. 물론 나는 마약 중독자들은 물론이고 마약 중독 회복자들을 정말 좋아했다. 믿을 수 없는 자들에 대해 쓰고자 하는 충동 때문이었다. 나는 뭔가를 끝까지 파헤치고, 가공하고, 납득시킬 필요가 없었다. 나는 내 이야기를 하고 싶지 않았다. 잘했다며 나 자신의 등을 두드려 주거나 공개적으로 채찍질을 할 필요도 없었다. 실제로 그렇게 했다. 다른 사람들을 도울 수도, 돕고 싶지도 않았다. 적어도 내 소설을 통해서는. 마약 소설은 사람들을 현혹시키는 이야기임에도 불구하고 도움이 되지 않는다는 걸 나는 알고 있었다. 이 점을 제대로 인지하려면 이 소설 또는 저 소설이 자기 삶에 이렇게 또는 저렇게 도움이 되었다고 주장하는 사람들의 삶을 들여다보면 충분했다. 이 소설 또는 저 소설이 그저 그들의 마음을 아주 잠깐만 나아지게 해 주었을 뿐이라는 것이 즉시 명징해졌기 때문이었다.

그런데도 내가 시작한 것은 마약 소설이었다. 지금 시작한 게 아니라 지난 몇 개월 동안 아침 내내 써 왔던 게 마약 소설이었다. 오늘 아침만 해도 계속 써 오지 않았던가! '게다가 이 소설은 삼인칭 현재형 소설'이라고 나는 마치 불쾌한 기억이 떠오른 것처럼 스스로를 비난하는 동시에 방어하며 생각했다. '삼인칭……' 나는 암울한 기분이 들었다.

"삼인칭…… 푸후…… 어디…… 푸후우…… 트하……." 내 소설을 제외한 삼인칭 현재형 소설을 떠올릴 수가 없었다. '그 어디에도 삼인칭 현재형으로 쓰인 책은 없다'라고 나는 생각했다. 주의력이 산만해진 채 마치 만트라나 노래라도 되는 것처럼 이를 몇 번 반복했다. 들판을 깡충거리며 뛰어다니거나 혹은 커다란 뭔가를 멋대로 반으로 찢어 버리는 것 같은 기분이 들었다. 세상에는 삼인칭 현재형으로 쓰인 다른 책이란 없다! 소설을 써 온 지난 수개월간 나를 괴롭힌 이 언짢은 사실은 내 소설의 시점과 시제가 세상에 먹힐 수 있는 한 가지 이유가 될지도 몰랐다. 동종의 소설이 없기 때문이었다. 대부분 마약 소설이 감상적이고 꼴사나운 것은 바로 일인칭 과거형 시제를 택했기 때문이었다. 삼인칭 현재형은 전례가 없었다. 선정적인 데다 자기 자신밖에 모르는 다른 마약 소설과는 달리 문학적으로 의도된 것으로 보일 수 있었다. 주인공이 감정을 겪는 강도는 다른 모든 것들과 마찬가지로 지면 바깥에서 결정될 것이었다. 어떤 효과를 발휘하면서…….

얼마나 영광스럽고도 예상치 못한 통찰이란 말인가. 오늘 아침 내내 나쁜 의미로 개성도 없고, 공허하고, 얄팍한데다, 무의미하게 느껴졌던 내 삼인칭 현재형 소설은 이제 좋은 의미로 개성도 없고, 공허하고, 얄팍한데다, 무의미하게 느껴졌다. 일인칭 과거형이 나르시시즘 어린 분노와 감상주의에 절어 있었기 때문에 삼인칭 현재형은 이제 통용되는 모델에 저항해 마약 소설의 새로운 지평을 개척할 것이었다. '미화하지도 않고, 인물의 개성도 없으며, 감정도 없고, 정당화도, 특징도, 통찰도, 그 무엇도 없는…… 그래…….' 내 생각이 마치 철창 안에서 윙윙거리는 것처럼 느껴졌다. 테이블 위 양쪽으로 비어 있는 공간을 손바닥으로 내리쳤다. 돌파구를 찾은 것이었다. 오늘 아침 내내 삼인칭 현재형에 관한 결론에 도달하기 위해 오랫동안 열심히 일했다. 이제 결론을 손에 얻었으니 남은 집필을 마저 해도 되리라.

나는 깍지 낀 채 손바닥을 앞으로 보이게 해서 팔을 쭉 뻗었다. 그리고 마치 권위 있는 사람처럼 일부러 잠깐씩 멈춰 가며 가볍게 키보드 위로 손가락을 두드렸다. 여태까지 쓴 소설의 마지막까지 스크롤을 내렸다. 마지막으로 쓴 장면은 설사 대란이 있기 몇 년 전 캘빈이 재활원에 있었던 기억을 회상하는 부분이었다. 나는 아직 다듬어지지 않은 문장들이 조각조각 흩어져 있는 문서의 맨 밑을 향해 스크롤을 조금 더 내렸다. 이것들을 편집해서 소설 속에 넣은 뒤 오늘 할 일을 끝마쳐도 되리라.

나는 첫 번째 조각을 들여다봤다. 마찬가지로 회상이었는데, 캘빈이 지메일로 폴―리를 본떠 만들었다―과 대화를 나누며 마약 복용을 합리화하고 있는 장면이었다. 아이들도 애더럴〔ADHD 치료에 쓰이는 약〕과 자낙스〔신경 안정제의 일종〕는 물론이고 때로는 마약성 약물도 처방받아 매일 먹는다고 말이다. 다른 사람은 대신 마약보다 여러모로 해로운 정크 푸드를 먹는다고 말이다. 캘빈은 매일 혼자 있을 때만 음악을 들었는데, 그건 마약에 취한 채 사이키델릭한 체험을 극대화하기 위해서가 아니라 그저 음악을 좋아할 뿐이라고 말이다. 마약은 그가 생산성을 유지하고 스트레스와 불안과 우울을 견딜 수 있도록 도와준다고 말이다. 마약은 재미있는 것이라고 말이다.

나는 이 부분을 최대한 설득력이 있게끔 가공해서 소설 속 현재형 시제의 행동과 병치해도 되겠다고 생각했다. 이 요소들을 회상이 아니라 다른 곳에 배치할 필요가 있었다. 회상은 늘 비현실적이고 지독해 보였으니까. 어쩌면 캘빈이 침대에 누운 상태로 폴이 보낸 메일을 읽게 한 뒤 합리화하게끔 해도 될 듯했다. 캘빈의 현재 상황과 합리화하는 내용을 병치하는 건 좋은 아이디어 같았다. 캘빈이 가장 **합리적**이라고 생각한 바의 결과를 가장 효과적으로 그려내기 위해 실행된 생각이 실제 현실과 관련되었다는 걸 보여주고 싶었다. 만약 생각한 대로 효과가 나지 않는다면 생각 자체부터 말이 안 된다는 것을.

아니다. 이렇게 설명하려는 충동은 물론이고, 내

가 말하려고 하는 욕망을 억제하는 것에는 저항할 필요가 있었다. '내 돌파구…… 이제 막 결정한 거였는데…….' 나는 오직 구체적인 행위에만 집중하라고 자신에게 상기시켰다. 마치 가느다랗고 미끄러운데 꿈틀거리기까지 하는 뭔가를 쥐고 있는 것처럼. 나는 소설 말미에 조각난 부분을 쳐다보다가 너무 빨리 아니면 너무 천천히 읽어 버렸고 계획을 세우기 위해 새 탭을 열어 트위터를 켰다가 다시 껐다. 캘빈이 한 모든 행동에는 나름의 이유가 있다는 사실을 어떻게 구체적인 행위와 세부 사항으로 보여줄 수 있을까? 논리에는 항상 내적인 일관성이 있었다. "어떤 이유에 생명력을 부여하거나 부여하지 않는 것은 바로 논리가 각인된 구조와 논리가 향하고 있는 그 대상이다"라고 억지스럽게 엄숙한 어조로 생각했다. 어쩌면 스스로를 속여 정신 상태를 진지하게 만들기 위해서였거나 아니면 『벌목꾼』 소설이 지닌 확신에 찬 어조로 돌아가기 위해서였다. 나는 트위터를 켰다가 껐다. 뭔가를 설명하고자 하는 충동이 내 안에서 차오르고 있었다. 내가 무엇을 구체적으로 쓰고 싶은지 생각할 수가 없었다. 긴장감과 지루함을 동시에 느꼈다. 소설을 지워 버리고 싶었다.

리는 내 경험을 쓴 글이 재미있다고 했다. 그중 대부분이 내 소설 속에 등장하기는 했지만 말이다. 지난 몇 년간 내게 벌어진 일들에 관해 적은 뒤 보내 주겠다고 몇 번인가 그에게 말해 준 적이 있었지만 실제로 그렇게 한 적은 없었다. 외래 환자 대상 글쓰기 반에서 손을 벌벌 떨며 쓴 더러운 청바지에 관한 글이 기억났다. 청바지가 그렇게 더러웠던 것은 몇 주 동안이나 빨지 않고 공장에서 일하는 내내 입고 있었기 때문이었다. 공장에서 나는 가만히 서서 박스를 접은 뒤 브레이크 캘리퍼〔Brake Caliper, 자동차의 브레이크를 구성하는 부품〕를 넣고 그것들을 쌓는 일을 했었다. 더 이상 못 견딜 것 같을 때면 점심시간이나 흡연 시간마다 그 박스 위에서 헤로인 주사를 놓았다. 나는 다음과 같은 시기에 관해서도 쓴 적이 없었다. 과잉 복용한 날이었다. 급료를 받고 나서 상사의 아들—내가 진심을 담아 '애새끼'라고 부르는, 모두가 싫어하는데다 약은 또 너무 비싸게 파는 녀석이었다—로부터 클로나제팜 스무 알을 샀다. 나는 메스꺼움을 진정시키기 위해 한 움큼 집어 먹었고 그러자 곧바로 필름이 끊겨 버렸다. 한 알당 함량이 0.5mg인 줄 알고 먹었는데, 사실은 2mg이었던 것이다. 필름이 끊길 때마다 나는 내가 클로나제팜을 먹었다는 사실을 잊고 계속해서 먹었다. 퇴근 후 헤로인 거래상을 만나 빚을 청산한 뒤 헤로인을 조금 주사했을 때는 이미 클로나제팜 16mg이 내 몸 안에 쌓인 상태였다. 심장이 결국 멈추고 말았다.

"치가로〔Chigar, 스페인어로 영어의 fuck처럼 다양한 문맥에서 사용될 수 있는 비속어〕, 치가로, 쉬이이잇"이라고 나는 침대로 가며 속삭였다. "치가로, 치가로, 치가-로." 이번에는 오페라 가수처럼 손바닥이 위로 향하게 팔을 앞으로 쭉 뻗고 양쪽으로 벌렸다가 좁히며 노래했다. "치가로"는 내가 딜런과 공유하는 많은 단어 중 하나였다. 우리가 공유하는 표현이나 노래, 춤 또는 소음은 무척이나 많았다. 오염되지 않은 우리만의 언어가 있었다. 세 가지 명령어 중 하나가 아닌 이상 녀석은 내 말을 이해하거나 반응하지 못했다. 가장 순수한 형태의 의사소통이었다. 딜런에게 말을 걸거나 노래를 불러 줄 때야말로 나는 진정으로 나다워졌다. 나는 침대에 기어올라 녀석의 몸통과 등을 쓰다듬으며 털을 손으로 문질렀다. 녀석은 헐떡이는 채로 나를 올려다보며 꼬리를 흔들었다.

"너네 맘카〔мамка, 러시아어로 엄마를 뜻한다〕 깨우면 안 돼"라고 바이올렛을 깨울 정도로 큰 목소리로 말하자 그녀가 잠결에 씩 웃었다. 나는 몸을 숙여 자고 일어나 따뜻하고 살짝 촉촉해진 그녀의 이마에 뽀뽀했다. "딜런 데리고 숲에 다녀올게"라고 그녀에게 다시 뽀뽀하며 속삭였다.

바이올렛이 느릿하게 몸을 비틀며 움직이더니 팔을 머리 위로 쭉 뻗으며 고음으로 하품과 비명이 섞인 소리를 내질렀다. 그녀는 이불을 어깨까지 끌어당기고는 입을 가린 채로 "알겠어"라고 말했다. 내게서 등을 돌렸다.

나는 그녀 얼굴 위로 내 얼굴을 드리운 뒤 빠르게 뽀뽀를 다섯 번 했다. 바이올렛이 꿈틀거리더니 천장을 향해 돌아눕고는 눈을 떠서 주변을 두리번거렸다. "지금 몇 시야?" 그녀가 날숨이 섞인 목소리를 냈다.

"두 시 반." 내가 말했다. "농담이야, 열 시 반쯤." 나는 바이올렛이 반쯤 미소 지은 채로 "그만"이라고 말하며 나를 밀어낼 때까지 그녀의 얼굴에 뽀뽀했다. 그녀가 눈을 감고 있었음에도 나는 입을 삐죽 내밀어 보였다. "그렇지만, 그렇지만, 나는 너를 사랑한단 말이야."

"사라해." 그녀가 웅얼거렸다. "사라해."

"사랑해." 나는 숨소리 섞인 스타카토〔Staccato, 짧고 날카로운 고음〕로 말한 뒤, 목에다 다시 뽀뽀하고 몸을 더 숙여 그녀를 팔로 둘러 껴안았다.

그녀가 내 등을 두드리고는 신음을 내듯 "알겠어"라고 말했다. "날 좀 내버려 둬"라는 의미로 내게 씩 웃어 보였다.

나는 그녀의 볼에 뽀뽀를 네 번 더 했다가 잠시 멈추고 다시 일곱 번을 더 했다. 그녀를 숨 막히게 하고 싶은 욕망이 나를 사로잡았다. "알겠어." 내가 말했다. "갈게." 나는 내 뒤에서 마치 개구리처럼 바닥에 배를 깔고 다리를 쭉 편 채 기다리고 있는 딜런에게 몸을 돌렸다. "하지만 우선"이라고 나는 마치 마술사—카페인 효과가 느껴져서 나는 킥킥 웃고 싶었다—처럼 말했지만, 다음에 어떤 말로 마무리 지을지 생각나지 않았다. "번티야"라고 나는 녀석에게 말을 걸었다. "번티야, 번티야."

녀석의 몸통을 세 번 쓰다듬은 후에 이쪽으로 오라는 손짓을 했다. 흥분에 가득 찬 녀석은 벌떡 일어서더니 혼란스러워하는 와중에도 여전히 꼬리를 흔들며 바이올렛을 깔고 앉았다. 바이올렛이 꿈틀거렸다. 딜런은 아마 내가 바이올렛과 섹스를 하고 싶을 때처럼 자신을 속여 방에서 자신을 쫓아낼 것이라고 추측한 듯했다. 딜런의 꼬리가 이불 커버 위를 쓸자 나는 농구를 하던 중학생 시절 입었던 옷을 떠올렸다. 왜냐하면 그 옷을 입고 걸을 때 비슷한 소리가 났기 때문이었다. 상의에는 양옆에 단추가 달려 있어서 준비운동을 마치면 극적으로 옷을 뜯어내 벗을 수 있었다. 당시 같이 농구를 하던 몇몇 아이들의 흐릿한 얼굴이 마치 환상처럼 머릿속에 떠올랐다. 초점이 흐려진 눈으로 딜런을 바라보고 있으니 어떤 의미에서는 그들을 볼 수 없었지만 시상 아래로는 볼 수 있어서 마치 시상 이전의 전상Pre-Image처럼 그들은 내 머릿속에 있었다. 학교 체육왕으로 알려졌던 내 친구 크리스 그리고 그가 키우던 개와 땅콩버터 잼이 든 병, 키스의 불그스름하고 빵빵한 얼굴, 코치 선생님의 뱃살과 하얗게 센 머리칼, 쉭쉭 소리를 내던 내 바지. 더이상 떠오르지 않았다. "가자"라고 나는 딜런에게 속삭였다. "숲에 가자."

내가 딜런을 거실로 유인하자 녀석은 마치 고양이처럼 그러나 훨씬 덜 우아한 모양새로 내 다리에 몸통을 비비면서 빙글빙글 돌았다. 나는 부엌을 통과해 뒷문을 열었다. 그렇게 서 있자 미풍이 느껴졌다. 딜런이 밖으로 뛰쳐 나갔다. 문을 닫았다.

나는 부엌에서 컵에다 물을 받아 벌컥벌컥 들이켠 뒤 설거짓거리가 쌓인 싱크대에 컵을 내려놓았다. 더러운 식기들 때문에 골치가 아팠다. 내가 나간 사이에 바이올렛이 일어나 부엌에 아침을 먹으러 가서는 더러운 식기들을 보게 될 터였다. 그러니까 일어나자마자 처음 보게 되는 것이 더러운 그릇들인 셈이었고 모두 내 잘못이 될 게 뻔했다. 더러운 식기들이─더러운 것이라면 전반적으로─그녀에게 얼마나 스트레스를 주는지 나는 잘 알고 있었다. 더러운 식기들을 보고 골치 아파할 그녀의 모습을 상상하자 나도 은근히 골치가 아파졌다. 어느 정도 시간이 지나자 나 역시 더러운 식기들이 싫어졌기 때문이었다. 나는 가만히 선 채로 조리대 너머 싱크대를 굽어보며 설거지를 안한 핑계를 어떻게 대면 좋을지 아니면 설거지를 조금만 해 놓으면 식기들이 싱크대를 지독할 정도로 뒤덮은 게 아니라 싱크대에 조금만 차 있는 상태로 보일지 궁금했다.

나는 설거지를 통해 명상의 개념을 처음 접했다. 당시 내 상담사가 명상의 예시로 설거지─"손으로 느껴지는 물과 세제의 감촉을, 유리나 플라스틱, 은식기류의 감촉과 소리를, 세제의 냄새를 알아차려 보세요"─를 들었는데, 이후 나는 항상 설거지를 명상과 연결 지어 왔다. 어쨌거나 하기 싫은 것은 마찬가지였다. 그러나 카페인 효과와 더불어 어째서 내 싱크대에는 항상 더러운 식기구들로 가득한 것인지에 대한 불만이 고조되었고, 바이올렛이 머지않아 이 싱크대와 조우하게 되리라는 것을 떠올렸다. 결국 나는 해야 할 일을 하기로 마음먹었다.

나는 접시를 먼저 씻었다. 접시는 식기 건조대에 넣기가 어려웠다. 그래서 식기 건조대에 접시용 칸이 따로 있는 것이었다. 가벼운 마음으로 차곡차곡 쌓아 놓든 옆에 내려 두든 해서 배치할 수 있는 방식이 거의 무한대나 마찬가지인 머그잔, 컵, 그릇들과는 다르게 접시들은 어떤 방식으로든 쌓는 게 무척이나 어려웠다. 나는 세제 거품이 듬뿍 묻은 수세미로 원을 그리며 접시를 문질렀고 흐르는 물로 거품기를 씻어낸 뒤 식기 건조대에 할당된 칸에 올려 뒀다. 즉시 마음이 편안해졌다. 좁다란 식기 건조대의 칸에 접시를 올려 두니 옛날 내 자동차의 컵 홀더에 딱 맞는 머그잔―처음에는 딱 맞을 줄 몰랐지만 마치 자신의 자리인 양 꼭 들어맞았을 때 나는 놀랐다―을 찾았을 때나 약통을 필름 통에 숨길 수 있다는 사실을 처음 알게 되었을 때 느꼈던 만족감이 떠올랐다.

의식이 처음 생겨났을 무렵에는 공간에 구분이 없었다. 사람들은 세상 속에서 자신의 방향이 어디인지 찾기 위해 성스러운 공간과 물건을 구분―산 정상에 쌓아 두는 작은 돌탑처럼―하기 시작했다. '내가 접시를 식기 건조대의 좁다란 칸에 넣을 때 느끼는 게 바로 그런 방식으로 공간을 구분하고자 하는 욕망이다'라고 벌써 명상의 효과를 느끼면서 멍하니 생각했다. 이 만족감은 의식이 처음 시작된 지점까지 되돌아갔다. 그것은 무엇을 생각할 필요도 없이 나를 그저 즐겁게 만들었다. '청결은…… 경건함 다음으로……'라고 힘을 빼고 생각했다.

접시를 다 씻고 남은 머그잔을 씻어 접시와 식기 건조대 가장자리 사이에 되는 대로 쌓아 두었다. 배열이 어느 정도 마음에 들었지만 더 가지런히 놓기 위해 조금 더 정리했다.

　"설거지하니 기분이 좋다"라고, 내 소설이 다루고 있는 지금 시기에서 아버지가 높다랗게 쌓여 있는 식기들을 씻으며 한 말이 떠올랐다. 벤조다이아제핀 금단 증상이 너무나 심해지자 머지않아 전 여자 친구가 될 사람이 겁에 질려 나의 부모님을 호출해서 그들이 나를 데리러 왔을 때였다. 아버지는 싱크대 한쪽 칸에 물을 받아 놓은 뒤 세제를 풀었고, 다른 한쪽에는 깨끗한 물을 받아 놓았다. 싱크대 옆의 식기 건조대 밑에는 수건을 깔아 두었다. 그는 세제 물을 묻혀 더러운 접시를 문지른 다음 깨끗한 물에 담그고는 다시 문질렀다가 식기 건조대에 올려 두었다. 이 방식은 당시 내 여자 친구가 설거지하는 방식이기도 했다. 아버지는 이 방법이 효율적이라서 사용한 것이었고, 여자 친구는 물을 아끼기 위해 사용한 것이었다.

　내가 이 방식으로 설거지하지 않은 것은 만족감이 덜하기 때문이었다. 나는 굳은 계란 노른자나 샌드위치의 빵 부스러기가 수도꼭지에서 뿜어져 나온 물줄기의 수압에 의해 접시에서 떨어져 싱크대로 흘러들어가는 광경을 보는 게, 수도꼭지에서 강력한 물줄기를 느끼는 게 좋았다. 싱크대에 받아 놓아서 늪처럼 지저분하고 거품이 가득 끼게 된 물로 설거지를 하는 것과는 완전히 딴판이었다. 고인 물에는 치명적인 박테리아가 살고 있었다. 흐르는 물은 생명을 유지하게 해 주었다. 나는 수천 년 전 조상들이 흐르는 물을 보고 무엇을 느꼈을지를 생각했다. 지금 내 일부는 그때 그들이 느꼈던 감정이라고 해도 좋을 것이었다.

이렇게 부엌 싱크대에 서서 은식기를 씻고 있으니 내 의식은 조상에 대한 만족스러운 상상에서부터 접시, 거품, 물 등의 촉감을 통해 명상을 시도했던 최근의 기억 그리고 내 소설에 관한 어렴풋한 인식 사이를 표류했다. 곧 식기 건조대가 꽉 찼다.

딜런이 끼익 소리를 내며 코로 부엌 뒷문을 밀고 들어왔다. 녀석은 나를 지나쳐 거실로 뛰어 들어와 바닥에 있던 개껌을 물었다. 상체는 바닥에 눕히고 하체는 들어서 엉덩이를 왕성하게 흔들어 댔다.

"우리 번티 몬티." 내가 말했다. "번티 몬티, 번티 문다." 녀석은 내게 뛰어들고선 우두커니 서서 헥헥댔다. 나는 녀석의 몸통을 문질렀다. "그래"라고 나는 불길한 투로 말하고 다시 활기차게 "그래, 그래"라고 말했다. 나는 작은 몸짓으로 춤을 추면서 "번티, 번티 찬스타돈테이/피스토 파스토 찬스타돈테이"라는 가사가 있는, 우리가 가장 좋아하는 90년대 클래식 힙합 스타일의 노래를 불렀다. 딜런은 더 광적으로 헐떡대더니 여기저기 뛰어다니기 시작했다. "갈까? 숲에 갈까?" 딜런이 미치기 일보 직전처럼 헉헉거렸다. 나는 녀석의 다부진 몸뚱이를 찰싹 때린 다음 뒷문을 닫았다. 딜런이 현관 옆의 옷걸이에 매달려 있는 목줄을 향해 달려가 코로 툭툭 건드렸다.

바람 때문에 눈물이 나고 초점이 흐려지자 마치 내가 나무와 흙으로 둘러싸인 숲 시뮬레이션 속에 서 있는 것 같은 기분이 들었다. 나뭇잎도 색이 변해 있었다. 아주 고전적인 의미로 가을다운 색이 내 주변으로 펼쳐져 있었다. 빨간색, 오렌지색, 노란색, 갈색 나무 둥치, 초록색 잔디, 우리가 걷는 모래사장 같은 길. 모든 것 위로 안개가 드리워져 있는 것 같았지만 태양은 안개를 뚫고 강렬히 빛나고 있었다.

가느다란 나무들이 많았다. 땅을 뚫고 나와 있는 어떤 나무들은 나보다도 작았고 무척 굵은 몸통으로 하늘을 향해 뻗어 있는 다른 나무들도 희미하게 보였다. 한번은 숲속에서 나무가 쓰러지는 걸 본 적이 있었다. 보통은 바람이 불면 끼익하는 소리를 내며 휘지만 그때는 아예 쪼개져 파편이 되어 그보다 밑에서 자라던 가지와 나무 사이로 떨어졌다.

　　우리는 내리막길에 접어들었다. 끝 쪽에 다리가 있고 그곳을 지나면 다시 오르막길이 나타났다. 나는 '골짜기……?' 라고 생각하며 이곳이 과연 골짜기인지 아닌지 생각했다가, 갑자기 어렸을 때 처음 알게 되어 수년간은 떠올린 적도 없는, 위어드 알 얀코빅 Weird Al Yankovic이 패러디한 「아미쉬 파라다이스Amish Paradise」라는 곡 중 "내가 죽음의 그림자의 골짜기를 따라 걸어가며As I walk through the valley of the shadow of death"―쿨리오Coolio의 곡 「갱스터스 파라다이스 Gangsta's Paradise」라는 곡의 첫 가사다―라는 노래 가사가 떠올랐다. 내 앞의 풍경을 두 번째 얼굴, 그러니까 내가 스크롤 할 때만 사용하던 얼굴로 대강 살펴보니 정확히 이 장소, 이 산책길에서 「갱스터스 파라다이스」를 속으로 따라 부른 게 처음이 아니라는 사실이 기억났다. 어쩌면 이번에는 그저 옛날에 그 노래를 따라 불렀던 적이 있음을 떠올린 것에 불과할지도 몰랐다. 즉 그 첫 소절을 직접적으로 생각한 게 아니라 첫 소절에 대한 기억을 떠올리는 방식으로 우회해서 생각한 것일지도 모른다고 말이다.

나는 머리를 흔들고 주변의 다양한 색깔과 모양에 다시 초점을 맞췄다. 저 멀리까지 사람들이 있는지 살펴봤지만 아무도 없어서 딜런의 목줄을 풀어 주었다. 녀석이 갑자기 튀어 나가더니 우뚝 서서 어떤 풀의 냄새를 맡았다. 나는 한가로이 냄새를 맡으며 시간을 보내고 있는 녀석에게 걸어가 손짓했다.

"딜런." 고음으로 녀석을 불렀다. 나는 갑작스럽게 반쯤 쪼그려 앉은 자세를 취해 내 허벅지를 찰싹 때려 보았다. 하지만 녀석은 계속 주위를 킁킁대기만 했다. "딜런." 녀석을 향해 다가가며 내가 말했다.

딜런은 주변에 유혹적인 것―행인, 사슴, 청설모 등―이 있을 때마다 내가 녀석을 부르는 일에 너무나 익숙해져 있어서 내 쪽으로 다가오기 전에 주변을 살펴보는 습관이 있었다. 내가 자신을 향해 다가오고 있다는 걸 아는 딜런은 지금 숲이 혹시나 놀라운 선물을 선사해 줄지도 모른다는 기대에 부풀어 헉헉거리며 나를 제외한 숲의 사방을 훑어보고는 내 쪽으로 돌진해 왔다. 그러고 나서 나를 지나쳐 언덕을 향해 뛰어갔다. 나는 주머니에 손을 넣고 뒤를 따라갔다.

가파른 언덕을 걷고 있자니 다리에 힘이 들어가는 게 느껴졌다. 개와 함께 산책한다는 것에 감사함을 느꼈다. 때때로 지금처럼 주머니에 손을 넣고 걸을 때면 자신감에 가득 차 서두르는 기색 없이 조급해하지 않으면서 남성적인 보폭으로 주머니에 손을 찔러 넣은 채 숲속을 개와 산책하는 이런 나의 모습이 다른 사람의 시선에서는 나무꾼처럼 보이는 상상을 하곤 했다. 상담받을 때 상상하는 내 모습이 바로 이러했다.

가장 최근에 나를 담당한 상담사가 내게 '행복한 장소'에 대해 묘사―처음에는 농담이라고 생각했을 정도로 너무나 구닥다리 제안이었다―해 보라고 했을 때 나는 얼고 말았다. 집 또는 상담사의 사무실이 아닌 장소를 상상할 수 없었다. 나는 그녀에게 어떤 장소도 떠오르지 않는다고 답했다. 그녀는 괜찮다고 하더니 잠시 앉아 행복한 장소가 저절로 떠오를 때까지 기다려 보자고 했다. 하지만 내게는 공황 상태와도 같았던 침묵 속에서 5분이 지나자 그 어떤 행복한 장소도 떠오르지 않으리라는 게 분명해졌다. 내가 상담 받으러 온 건 정서 불안에 도움을 받기 위해서였는데, 대신 공황 발작이 올 뻔했다.

상담사는 부드럽게 물었다. "가장 좋아하는 장소는요? 실재하는 곳이 아니어도 돼요. 따뜻한 곳이라든가 아니면 성은 어때요? 아무 곳이나 괜찮아요."

성이라고? 나는 내가 들은 말을 의심했다. 고문을 당하는 기분이 들었다. 그때 나는 '그녀의 집 지하에 자리 잡은 침침한 사무실에 앉아 고문당한다면 이런 기분이겠구나'라고 생각했다.

"물이나 눈이 있는 곳처럼 자연은 어때요?"

"숲을 좋아해요." 나는 안도하며 말했다.

그녀는 숲을 구체적으로 묘사해 달라고 했지만 나는 불가능했다. "작가님이시잖아요." 그녀가 농담해서—독창적인 농담도 아니었는데 쿡 찔렸다—나는 숲이 어떤 냄새가 나는지 또는 나무가 어떻게 생겼는지에 따른 가장 정확한 설명은 숲에서는 숲 냄새가 나고, 나무는 나무처럼 생겼다고 말하는 것이라고 대답했다. 그러나 그녀는 내 대답으로부터 아무런 인상도 받지 못했다. 추측하건대 내 진심을 냉소 어린 공격성으로 오해한 듯했다.

　나는 지금 딜런과 숲속—나의 행복한 장소—을 한가롭게 거닐며 머릿속에서 그날 있었던 대화의 조각들을 재생했다.

　"음…… 회색이에요." 그녀가 숲의 날씨는 어떠냐고 물었을 때 내가 대답한 말이었다. 나는 비가 오거나 흐릴 때 숲에 가는 것을 좋아했다. 사람이 없을 것이 확실했기 때문이었다. 상담사는 이 점 역시 이해하지 못하는 듯했다. 지금 와서 돌이켜보면 그녀는 정말 아무것도 이해하지 못했다. 남은 상담 세션은 음성 안내가 있는 명상으로 시작했다. 처음에는 잔뜩 긴장했다가 그녀의 목소리를 따라 몸의 특정 부위를 이완했다. 그녀는 내 행복한 장소를 묘사하기 시작했다.

　당신은 지금 숲을 걷고 있어요. 흐린 날씨인데 비가 부슬부슬 내리고 있죠. 딜런이 여기저기 뛰어다니고 있어요. 어떤 풀의 냄새를 맡네요. 당신은 편안한 후드를 입고 따뜻한 커피를 마시고 있어요. 주위에는 아무도 없습니다…….

　이제 태양이 모든 것 위로 모자이크 무늬를 만들었다. 춥지는 않을 정도의 미풍이 불었지만 때때로 바람이 거세져 눈이 따가웠다. 그 상담사가 나는 정말이지 싫었다. 갑자기 "나는 내 음악 취향 같은 날씨를 좋아함. 50년대 말, 60년대 초"라는 내용의 트윗이 기억나 당혹스러웠다. 지금 나는 예전 상담사나 트위터에 대해서가 아니라 자연을 느끼고 있어야 했다.

나를 둘러싼 아름다움에 집중하려고 애썼지만 모든 것을 진정으로 경험하려고 애쓰자니 스스로가 너무 의식되었다. 눈을 감고 걸어가며 새로운 상담사가 알려 준 복식 호흡을 시도했다. 내 숨결을, 배가 부풀어 올랐다가 수축하는 것을 느꼈다. 눈을 떴을 때 세상의 색은 더 풍부하고 깊어져 있었다. 잠시 내 안에 생각이 사라져 버렸다. 나는 자유를 느꼈다.

주위를 둘러봤다. 딜런이 청설모를 쫓아 넘어진 나무 둥치를 뛰어넘어 갔다.

'번티 녀석, 가젤이 따로 없다니까' 하고 나는 아쉬워했다. 인스타그램 스토리에 올리게 녀석의 영상을 찍고 싶었다. 휴대폰을 일부러 차에 두고 왔다는 사실을 잊은 채 나는 주머니를 더듬었다가 후드의 주머니까지 뒤졌다.

바람이 숲을 휩쓸고 지나갔다. 나무들이 넘실거

렸다. 마치 영화를 보고 있는 듯한 기분을 느꼈다. 다시금 주변 환경을 의미 있는 방식으로 받아들이는 데 실패하면서 말이다. 마치 화면을 통해 사물들을 보고 있는 것처럼 느껴졌다. 나는 나를 둘러싸고 있는 것들에 집중하려고 노력하며 계속 길을 걸어갔다. 내 통제 바깥에 놓여 있는, 나 자신만이 아니라 내가 원하는 것과는 아무런 상관도 없는 따라서 궁극적으로 선하고 아름답고 복잡한 생태계가 펼쳐져 있었다. 내가 저지를 수 있는 악행 또는 사람을 휘감아 완전히 장악해 버리는 악독한 행위―그런 행위의 결과를 오늘 아침 내내 소설로 쓰려고 했다―가 무엇인지 나는 알고 있었다. 그래서 이렇게 숲을 걸으며 나는 그 정반대편에 있는 것들로 둘러싸여 있다고 세뇌했다. 악한 것들을 아주 추상적으로 만들어 거의 투명한 상태에 이를 때까지 희석했다. 나는 최고 중의 최고인 선함 그 자체를 인식하고 있었다. 그리고 의식적으로 그 선함을 향해 나아가도록 했다.

　나뭇잎들이 머리 위에서 바스락거리는 소리를 냈다. 독수리가 맴돌고 있는 것이 보였다. 나는 숨을 쉰 다음 눈을 감았다. 태양이 얼굴을 따스하게 진정시

켜주고 있었다. 점점이 흩어지는 빛 덩어리들이 눈꺼풀 뒤에서 마치 화난 벌 떼처럼 여기저기 튕겨 움직였다. 다시 숨을 깊게 쉬고는 감사함을 느꼈다. 딜런과 바이올렛 그리고 오늘 아침 내내 소설 작업을 하다가 즉흥적으로 숲에 오기로 한 나의 삶에 대해. 휴대폰을 차에 두고 오기로 한 것에 감사함을 느꼈다. 구름이 태양을 가리자 나는 눈을 떴는데, 눈꺼풀을 위로 젖히는 그 찰나의 순간 동안 조금 전에 내가 경험한 것이 전형적으로 히피스럽다고 여겨졌다.

앞쪽과 뒤쪽을 둘러봤지만 딜런이 보이지 않았다.

눈을 찌푸리고 먼 곳의 나무들 사이를 훑어봤다. "딜런!" 나는 소리쳤다. 내 눈은 여전히 빛에 적응 중이었다. "딜!" 나는 손바닥 날을 차양처럼 눈썹에 갖다 댔다. 딜런이 다른 행인을 보고 따라갔나? "딜런!" 멀리서 작은 점 하나가 보였다. 나무 그루터기였다. 나는 아찔해져서 숲을 빠르게 훑어보다가 일시적으로 현기증이 일었다. 모든 게 딜런처럼 보였다.

"딜!" 나는 다시 소리를 질렀다. '내게 휴대폰이 있었으면 녀석을 촬영했을 텐데, 눈을 감지 않았다면 녀석을 잃어버리지 않았을 텐데'라고 나는 생각했다. 내가 할 수 있는 일이 아무것도 없었음에도 어째선지 걱정이 되지는 않았다.

나는 느긋한 자세를 취했다.

내 소설에 대한 험담, 흐릿한 인터넷 이미지, 미처 보지 못한 행인에 대한 불안감, 그리고 내 삶 전반에 대한 부정적인 감정 사이에서 생각들이 왔다 갔다 했다. 오작동 중인 컴퓨터처럼 나의 뇌가 지직거리는 게 느껴졌다. 내 생각들은 마치 원치 않는 팝업 창 같았다. 만약 기술의 목표가 의식을 완전히 모방하는 것이라면 의도하지는 않았겠지만 엔지니어들은 그것을 벌써 이루었다. 개 같은 팝업 창과 스팸 메일이 내 생각들과 똑같기 때문이다.

나는 생각이 팝업 창 같다는 걸 메모해 두기 위해 반사적으로 주머니에 손을 넣었다가 휴대폰이 있다는 사실을 기억해 냈다. 이런 생각들을 『벌목꾼』 소설에 넣어도 괜찮겠다 싶었다. 무의식적으로 다시 휴대폰을 찾으려 주머니를 더듬거렸다.

나는 얼굴과 손으로 내리쬐는 햇빛을 느끼면서 "팝업 창…… 의식…… 팝업……" 하고 팝업 창과 관련된 생각의 내용을 잊지 않으려고 여러 번 되뇌었다. 소설을 쓴다는 건 정말 힘든 일인 듯했다. 토마스 베른하르트는 세상에 대해 정말 깊은 통찰력을 지닌 천재였다. 나는 이제야 겨우 세상을 보기 시작했는데…… 어쩌면 아닐 수도 있지만…….

나는 오솔길을 걸으며 남은 하루에 대해 생각했다. 메인 소설을 계속 써 볼까? 아니면 『벌목꾼』소설을 쓸까? 두 선택지 모두 가당찮아 보였다. 진부한 소재의 후진 소설을 환멸스러운 시점과 환멸스러운 시제로 쓰거나, 아니면 『벌목꾼』스타일의 소설을 쓰기로 하고 내 삶에서 동료 소설가를 모두 배척한 다음 나의 불만족스러운 입지를 굳혀서 결과적으로 『벌목꾼』이랑은 완전히 딴판인 소설을 쓰거나 둘 중 하나인 듯했다. 나는 내가 쓰고 싶은 종류의 소설을 쓸 수 있을 만큼 머리가 좋지 않았다. 내가 무슨 소설을 쓰든지 간에 출간이 되지 않는 것도 충분히 가능한 일이었다. 그러다가 문득 어떤 독립 문예지가 내 글을 실어 줄 것이라는 확신이 섰다. 요즘 독립 문예지는 아무거나 실어 주니까. 세상에 수백만 종이 넘는 독립 문예지들 모두, 대체로 아무 글이나 실어 주었다. 나는 이에 대해 어떤 불만도 가지지 않겠다고 고상하게 결심했다.

처음에는 목적을 이루기 위해 벌인 분투처럼 느껴졌던 내『벌목꾼』소설은 이제 길을 잃은 반동적인 소동처럼 느껴졌다. '앞으로 몇 년에 걸쳐 천천히 쓴다면 내 인생관이 발전함에 따라 어쩌면 훌륭한 소설이 될 수 있을지도 몰라'라고 나는 객기를 부려 생각했지만 나도 나를 믿을 수는 없었다. 에릭을 향한 방어적인 분노가 꿈틀대는 것을 느꼈다. 그저 기다린다면 아무것도 쓰지 않을지도 몰랐다. 그래 봤자 그건 고작 소설이었으니까. 그것이 소설이라는 사실은 내가 틀려도 된다는 것을 허락해 주었다. 잘 쓰기만 한다면 말이다…….

최소한 내 감정과 생각을 정리하는 데 도움이 되기는 할 테니 계속 작업을 한다면 좋을 듯했다. 혹시 대성공을 거둘지도 몰랐다. 나는 남은 내 하루를 어떻게 보낼지 생각했다.

바이올렛과 시간을 보낸다면? 카페나 도서관 아니면 그녀가 가고 싶어 했던 곳에 함께 가서 작업을 해도 좋을 것이다. 오늘은 데이트하기 좋을지도 몰랐다. 바이올렛이 내 소설을 어떻게 생각할지 궁금했다. 오늘 날씨는 완벽했다. 여기서 계속 소설 작업에 매달린다면 결국엔 비생산적인 스트레스만 낳지 않을까 생각했다. 그러나 동시에 새 소설을 쓸 생각을 하니 힘이 솟는 게 느껴지기도 했다. 방향도 정해졌고 탄력도 붙었다. 『벌목꾼』이랑 완전히 똑같아질 필요도 없고 조금 전 팝업 창과 의식에 대해 한 생각과 『벌목꾼』을 섞는다면 충분할지도 몰랐다. 주인공을 고풍스러운 저녁 식사 자리의 안락의자가 아니라, 노트북 앞에 앉혀 놓고 소셜 미디어만 들여다보게 하면 되었다.

오늘은 소설을 더 이상 쓸 필요가 없었다. 그래도 내 흥미 정도는 지속시켜 줄 수 있을 듯했다. 너무나 후진 내 삼인칭 현재형 소설을 버릴 좋은 핑계가 생긴 것이다…….

숲속에서 딜런을 곁에 두고 걸으면서 나는 훗날 평판이 좋지 않은 소설가가 된 내 모습을 상상했다. 그러려면 작업을 많이 해야겠지. 나는 머릿속에서 오늘 남은 할 일들을 적은 리스트를 떠올리려고 애썼다. '체육관…….' 나는 생각했다. '체…….' 주위에 행인이 있는지 산만하게 숲을 둘러봤다. 멀리서 나뭇잎을 밟는 소리가 들린 것 같았는데, 그건 그저 내 신발이 낸 소리였다.

　나는 계속 길을 걸어가다가, 뒤로 돌아섰다.

감사의 말

이 책을 완성하는 데 큰 도움을 준, 선한 의지를 지닌 나의 아내 니콜레트 폴렉에게 감사의 말을 전한다.

훌륭한 편집자 켄달 스토리와 소프트 스컬 프레스의 모두에게.

나의 가족, 타오 린과 번트 메도우 레지던시의 유카 이가라시, 케빈 해셔, 마이클 W. 클룬, 스콧 맥클러리한, 메건 보일, 재커리 슈워츠, 앤드류 웨더헤드, 알렉스 무사위르, 아담 험프리스, 크리스 클레먼스, 그리고 지안카를로 디트로파노에게.

옮긴이의 말
투명한 마침표가 있는 소설

저자인 조던 카스트로는 시집을 두 권 출간한 바 있는 시인이기도 하다. 그런 그가 새롭게 펴낸 책이 『노블리스트』라는 제목의 메타 소설이라는 점에서 일단 웃음부터 나왔다. 소설가가 소설을 쓰는 게 내용인 소설을, 시인이 쓴다고? 이렇게 능청맞을 수가 있나.

　『노블리스트』는 전통적인 소설의 기승전결 구조를 따라가지 않는다. 뚜렷한 외부적 사건도 없고, 주인공의 내적 변화도 없다시피 하며, 소설의 시공간적 배경은 대부분 책상 앞이다. 그런 만큼 『노블리스트』의 지면을 메우고 있는 내용은 사실상 주인공의 독백이라 봐도 무방하다. 소설 안에서 흐른 시간이 고작 세 시간 남짓이라는 점에서, 주인공의 내면에서 솟아난 모든 생각과 마음을 작가가 활자화한 것처럼 느껴진다.

　메타 소설의 가장 뚜렷한 특징 중 하나로 꼽을 수 있는 것은 쓴다는 행위에 대한 자의식적 성찰이다. '소설을 쓰는 과정을 묘사한 소설'인 메타 소설이라는 장르는 20세기 후반 무렵 영미 문학의 흐름 속에서 큰 주목을 끌며 포스트모더니즘 소설로서 자리 잡았다. 이때 메타 소설이 성취하고자 했던 바는 바로 리얼리즘의 한계를 극복하는 것이었다. '소설을 쓰는 과정'을 소설 속에서 묘사함으로써 아무리 현실을 충실히 묘사하려 해도 소설은 결국 인위적이고 언어적인 구성물에 불과하다는 것을 보여주고자 했다.

『노블리스트』가 지닌 자의식은 소설 군데군데 드러나는 마약중독 증세와 명상 그리고 끊이지 않는 내면 묘사에 힘입어 사이키델릭한 뉘앙스까지 지니고 있다 작중에서 언급된 LSD나 MDMA 같은 마약은 미국에서 불법이지만 지금도 널리 복용되는 약물인데, 특히 1960년대 말 미국에서 벌어진 반전 시위와 히피 운동의 촉진제 역할을 했다. 히피 운동의 정신 중 하나로 물질문명에 대한 거부를 꼽을 수 있다는 점에서 몹시도 내면적인 이 소설은 메타 소설이라는 형식을 채택한 당위를 내용상으로도 구축하고 있다고 볼 수 있다. 소설 종반부에 언급되는 알란 와츠 Alan Watts(186쪽)라는 영성가는 삶이 허구이며 환상이라는 점을 깨달을 것을 가르침의 핵심으로 삼고 있다. 그는 우리의 일상 속에서 찾아드는 감정과 생각과의 동일시를 끊어내고, 그저 현상을 온전히 받아들여 내면의 평화를 찾을 것을 강조한다. 그러나 이는 오히려 화자인 조던 카스트로가 소설을 집필하는 내내 시달리는 온갖 감정과 생각을 더욱 극명하게 드러내는 역할을 할 뿐이다.

이로 인해 메타 소설로서 『노블리스트』가 지니는 차별점이 생긴다. 조던 카스트로는 그 풍자의 대상을 현대적 삶까지 확장하고 있다. 넘쳐 나는 외부적 자극 요소, 수많은 걱정거리와 감정의 격류 속에서 살아가는 현대인은 몹시 지쳐 있고 우울하며 불안한 상태에 놓여 하루하루를 살아가고 있다고 해도 무방하리라. 주인공이 트위터나 인스타그램, 페이스북, 유튜브 같은 소셜 미디어를 통해서 어떠한 자극을 받는지만 살펴보아도 쉽게 실감할 수 있다. 주인공은 소셜 미디어 속의 사람들과 수많은 설전을 벌이고, 수많은 승리와 수많은 패배를 거둔다. 그런 그는 마치 하나의 실재하는 삶이 아니라 여러 개의 삶을 몇 배속의 속도로 동시에 살고 있는 것 같기도 하다.

옮긴이의 말을 적어 나가는 지금 우리 역시 소셜

미디어상에서 여러 삶을 살고 있다고 해도 과언이 아닐 것이다. 나만 해도 일상 속의 어떤 순간들을 사진으로, 텍스트로 전시하여 좋아요 개수로 어떤 집단이 수용하는 삶을 스스로가 살고 있는지를 가늠한다. 얼마 전 소셜 미디어상에 떠돌던 밈 중, 인스타그램에서는 우리가 얼마나 번듯하게 사는지를 업로드 하고 트위터에서는 얼마나 하루하루가 엉망인지를 트윗 한다는 것처럼 말이다. 이런 나의 삶을 어디까지 진실이라고 볼 수 있고, 어디서부터 허구라고 볼 수 있을까? 개인을 억압하는 구조가 고도로 복잡해진 현대 사회에서 진실과 허구 사이에 명확한 선을 긋기란 무척이나 어려운 일이 되어 버렸다. 아니, 이제는 무엇이 진실이고 무엇이 허구인지 질문하는 일은 더 이상 의미가 없을지도 모르겠다는 생각도 든다.

조던 카스트로는 『노블리스트』속에 삶이라는 이야기를 여러 층위로 배열시킨다. 가장 밑에 놓인 것은 화자가 써 내려가는 소설 속 주인공의 삶이 있겠다. 그다음은 화자의 삶이 있을 것이고, 그 뒤에는 작가인 조던 카스트로의 삶이 있다. 이때 이 세 가지 층위의 경계는 허물어지고 만다. 무엇이 실제 작가의 삶이고, 무엇이 지어 낸 이야기일지 독자들은 알 수 없다. 그러나 세 가지 삶 모두 어떤 생각, 경험, 감정들로 구성된 서사인데, 이 사실이 가리키는 지점이 있다면 그건 우리 역시 스스로를 이해하기 위해 삶이라는 이야기를 구성한다는 점일 것이다. 번역 작업을 하는 도중 나는 심지어 이런 생각까지 들었다. 어쩌면 우리의 삶이야말로 궁극의 메타 소설일지도 모르겠다고. 언뜻 보면 냉소나 허무주의적인 태도로도 읽힐 수 있는 이 소설의 특징들을 나는 생각과 감정에서 비롯되는 삶의 버거운 무게를 정확하게 겨냥하고 폭로하기 위한 것이라고 생각하게 된다.

　　소설의 마지막 장면은 저자의 의도에 투명한 마침표를 찍는 듯하다. 주인공은 숲속 멀리 달려 나간 자신의 개를 찾아다닌다. 그러다가 다음과 같은 문장으로 소설을 끝맺는다. "나는 계속 길을 걸어가다가, 뒤로 돌아섰다"(243쪽)고. 일반적인 기승전결 구조를 갖춘 소설이 독자들을 어디론가 데려가는 소설이라면, 메타 소설인 『노블리스트』는 독자를 어디로도 데려가지 않는 소설이라고 할 수 있겠다. 어디론가 데려간다고 해도 그저 소설의 끝부분에 나오는 외딴 숲과 오솔길일 뿐이다. 쉴 새 없이 퍼붓는 내면 묘사를 쭉 따라가던 독자들은 주인공과 함께 우뚝 멈춰 선다. 마치 누군가 불러 세우기라도 한 듯 "뒤로 돌아섰다". 독자를 어디로도 데려가지 않지만 무엇인가 가리켜 보인다. 그가 가리키는 것은 그 어떤 생각도, 감정도 없는 공백 상태다. 아무것도 쓰이지 않은 백지 상태의 소설처럼. 우리는 일상에서 수많은 자극과 생각에 시달린다. 마치 소음과도 같은 소설 안의 묘사를 따라가다가 우리는 난데없는 결말에 잠깐 멍해질 수밖에 없다. 그런데 이런 충격이 바로 조던 카스트로가 의도한 것이라고 한다면 지나치게 호의적인 해석일까? 나는 독자를 어디로도 데려가지 않는 소설이 가리켜 보일 수 있는 게 있다면 바로 이런 것일지도 모르겠다는 생각이 든다.

이만 옮긴이의 말을 마친다. 수많은 생각과 마음의 무게에 압도되어 살아가는 많은 이들의 삶에 이 소설이 숨 쉴 구멍 하나를 가볍게 뚫어 주길 바라며. 백지처럼, 공백처럼, 투명한 마침표처럼, 가볍게.

류한경

노블리스트
The Novelist

1판 1쇄 펴냄   2023년 11월 20일

지은이   조던 카스트로
옮긴이   류한경
편집   김예은
디자인   포뮬러

펴낸이   이윤만
편집장   김태경
펴낸곳   ㈜어반북스
출판등록   2009년 10월 14일
주소   경기 하남시 미사대로 540 B동 328호
홈페이지   urbanbooks.co.kr
이메일   info@urbanbooks.co.kr
소셜미디어   instagram.com/urbanbookskorea
연락처   070-8639-8004
ISBN   979-11-89096-39-7 (03840)